Steffen Mohr

Bis der Kopf raucht

24 Rätselkrimis im Advent

Fürchtet euch ein wenig

Wenige Tage vor Weihnachten schleicht Benny, nachdem alle Leute den Adventsgottesdienst verlassen haben, zur Krippe. Der Küster hat sie fürs nahende Fest bereits aufgestellt. Der Junge greift sich den Josef und steckt ihn ein. Tags drauf erscheint er bei der spärlich besuchten Morgenandacht. Auch hier gelingt es ihm, eine Krippenfigur zu entwenden. Diesmal ist es die Muttergottes. Aber der Küster hat Benny gesehen und versteckt sich am nächsten Tag hinter dem Taufstein. Wieder sprintet Benny zur Krippe vor und verschwindet wie der Blitz. Mit bösen Vorahnungen tritt der Küster an Bethlehems Stall. Dort liegt ein Brief, in dem steht: „Liebes Christkind! Wenn ich zu Weihnachten keine Playstation kriege, siehst Du Deine Eltern nie wieder."

Dieser Kriminalfall, der vom naiv gläubigen Dieb als doppelte Entführung in Tateinheit mit Erpressung ausgedacht wurde, enthält zwei wichtige Elemente, die jede gute Detektivgeschichte auszeichnen sollten: Spannung und intelligenter Frohsinn. Beides bieten Ihnen die hier versammelten Adventsgeschichten. Ihr Held ist der kugelbäuchige, bodenständige Kommissar Gustav Merks. Übers ganze Jahr hinweg jagt Merks in Büchern und Zeitungen Verbrecher – immer ohne rohe Gewalt, doch schwer bewaffnet mit Witz und Humor. Millionen Leser kennen diese Rätselkrimis.

Halt mal! Was sind Rätselkrimis? Nun, jene kurzen literarischen Verbrechen, bei deren Ermittlung der Kopf des Lesers mitrauchen darf. Darum finden Sie alle Fahndungsergebnisse erst am Schluss des Büchleins. Lassen Sie also zunächst den eigenen Kopf rauchen, statt gleich hinten nachzusehen!

Generell stellt sich natürlich die Frage, was Advent und Weihnachten mit einem heiteren, spannenden Krimi zu tun haben. Die Antwort darauf geben uns zahlreiche Lieder, die wir in der seligen Zeit singen – also solche Weisen, wie „Nun singet und seid froh“ oder „Fröhliche Weihnacht überall“. Aber auch die von geheimnisvoller Spannung erzählenden, wie „So viel Heimlichkeit“ und „Fürchtet euch nicht“.

Hüten sollte man sich freilich, den wundervollen Text „Macht hoch die Tür, die Tor macht weit“ deckungsgleich ins Leben umzusetzen. Solchen Leichtsinn würden die realen Verbrecher rigoros ausnutzen. Denn es ist ja nicht immer der Heiland, der in dunkler Nacht abreißt Tor und Tür und das, wo Schloss und Riegel für ... Ein wenig fürchten ist gewiss klug. Ihnen wünsche ich eine fröhliche und spannende Adventszeit!

Ihr Kommissar Merks alias Steffen Mohr

Überfall am Bahnübergang

Dichter Nebel legte sich an diesem Abend über die Kreisstadt und die sie umgebenden Wiesen und Wälder. Nur langsam war Kommissar Merks in der zuckelnden Fahrzeugkolonne vorangekommen.

Und nun stand er im Büro des vorweihnachtlich geschmückten Supermarktes der Filialleiterin gegenüber. Die hochaufgerichtet hinter ihrem Tisch stehende Riesendame stellte sich als Frau Firlius vor. Neben ihr saß völlig zusammengebrochen ein junger Mann im weiß-roten Kittelchen der Handelskette. Sie herrschte ihn mit seinem Vornamen Wilfried an. In dem Ausweis, den Gustav Merks gerade prüfte, las er den Familiennamen Reipach.

„Wie hoch ist der Schaden?“, fragte er.

„Wilfried hatte ja noch die Übergabequittung bei sich“, berichtete Frau Firlius aufgeregt. Sie schob das Blatt eines Quittungsblocks über den Tisch, abgestempelt von dem, wie sich der Kommissar entsann, dreimal größeren Supermarkt der gleichen Firma in der Kreisstadt. In der Empfängerspalte las er zwei Krakel, die der Vor- und Zuname des überfallenen Geldboten sein konnten. Immerhin betrug die Summe fünfhundert Euro.

„Uns gingen plötzlich die Zehneuroscheine aus“, berichtete die Filialchefin. „Und das im Donnerstagabendgeschäft! Ich wusste aber, dass unser Geldautomat neulich Scheine ausgespuckt hatte, die nach einer Weile zerfielen. Vielleicht ist das auch bloß ein Gerücht. Trotzdem dachte ich: Schickst doch lieber einen Boten ins Center der Kreisstadt, der uns von dort Wechselgeld holt. Nun, der Wilfried ist ein fixer Autofahrer. Außerdem hilft er gern und ist überhaupt einer unserer anstelligsten Azubis."

„Sind Sie noch Azubi?", staunte der Kommissar den wesentlich älter wirkenden Jüngling an.

„Ja, ich bin früher zweimal in der Schule sitzen geblieben." Reipach wirkte wie ein Häufchen Unglück.

„Schildern Sie uns den Überfall und lassen Sie kein Detail aus."

„Na ja, also ... Also, wie ich das Geld in einer Klarsichtfolie auf dem Beifahrersitz liegen hatte, trat ich die Rückfahrt an. Es ist ja ganz schön neblig draußen, also ja. Aber ich bin natürlich nicht Schritt gefahren, haha! Die Chefin brauchte das Geld ja schnell. Also, wie ich am schrankenlosen Bahnübergang zwischen Pustelwitz und Zschachelnau anhalten muss, weil die Signalanlage blinkt, kommt doch plötzlich dieses Motorrad von hinten und hält neben mir. Ich wundere mich, warum die beiden rechts an mich ranfahren ..."

„Es saßen zwei Personen darauf?"

„Also ja. Es war ein Kerl mit seiner Ische. Also der Typ schlägt plötzlich, wie der Zug in der Ferne gerade anrollt, mit etwas Schwerem, einem Hammer vielleicht, meine Beifahrerscheibe ein, dann greift er nach unten, reißt die Euros an sich, startet durch und saust über die Schienen. Knapp vor der Lok! Seine Tussi ist dabei fast runtergekippt. Na ja, ich habe auf die vorbeiratternden Waggons gestiert und musste warten, bis der Zug vorüber war."

„Können Sie die Täter beschreiben?"

„Aber ja, klar! Also die hatten Lederjacken an und Helme

auf. Der Fahrer besaß dunkles, mit Gel angepapptes Haar, im Nacken so eine Ente, wie mein Großvater immer sagt, also 'ne Frisur wie Elvis Presley. Seine Ische ist wasserstoffblond gewesen und hatte kurze Borsten wie 'n Igel."

Gustav Merks schmunzelte. „Abgesehen vom Nebel", meinte er, „haben Sie wirklich Augen, die durch Wände blicken können. Kommen Sie mit aufs Präsidium, Herr Reipach." –

Warum verhaftete er den jungen Mann?

Abdrücke im Schnee

Mittags kam ein Schneegestöber auf, heftig und kurz. Es überzog die vereiste Promenade am Kanal mit einer zentimeterhohen Flockendecke. Flanierende Passanten rutschten aus, fielen hin oder tasteten nach dem Ufergeländer, um schnell wieder in die Stadt, die Einkaufszentren oder in ihre Büros zu verschwinden. Jetzt überglänzte Sonne ein träge fließendes Wasser und das Buschwerk entlang der Sandsteinmauer. Zwei nach dem Schneefall am Kanal eingetroffene Sekretärinnen aus dem nahen Tradecenter – sie wollten die Mittagspause mit einer Zigarette an der frischen Luft abschließen – entdeckten die Leiche. Der Mann war ins Gestrüpp getrieben worden. Sein junges Gesicht blickte nach oben, als riefe er noch um Hilfe, und er steckte in einem Jogginganzug. Der Doppelschrei der Zeuginnen verscheuchte bloß eine Krähenfamilie von der Brüstung. Weit und breit befand sich kein Mensch. Da rief eine von beiden die Polizei an.

Als zwei Männer in Taucheranzügen den barfüßigen Toten heraufbrachten, außerdem einen Schuh und eine ebenfalls im Strauch gestrandete Gehhilfe, musterte Kommissar Gustav Merks das vor ihm ausgebreitete Treibgut. „Ein Sportler“, murmelte er halblaut zu Arnold, seinem Kriminaltechniker, der pausenlos Fotos schoss. „Vielleicht erst 20 Jahre alt, aber keinesfalls schon 25.“ Er schnitt das linke

Hosenbein des Ertrunkenen auf. „Sah mir gleich komisch aus, die Wulst am Knie. Der trägt 'nen fachgerechten Verband. Das erklärt die Gehhilfe. Aber wie kam der übers Geländer? Warum zog er sich die Schuhe aus? Ach, schau mal. Jemand hat ihm auf den Hinterkopf geschlagen! Es liegt nicht lange zurück, denn das Blut ist gerade mal geronnen." – „Das kann auch beim Sprung passiert sein", widersprach Arnold. Er konzentrierte sich auf die Spuren im Schnee. Die Absatzstiefel der Frauen waren erkennbar, ihre eigenen Abdrücke und ... „Mensch, sieh dir das an!", rief der KT. „Hier! Bloß drei Armlängen von uns entfernt." Auf dem weißen Griesel zeichnete sich ein eindrucksvolles Bild ab. Da, sah man, hatte ein Mann gestanden und wohl über die Brüstung aufs Wasser geblickt. Links von seinen Schuhspuren befand sich der Abdruck einer Krücke. Es dauerte keine Minute, bis die Kriminalisten die Fährte dem Toten zuordnen konnten. „Hier", meinte Merks, „fand der Sprung statt oder was auch immer." Papiere fanden sich bei der Leiche nicht. „Er wurde am Knie operiert", sagte der Kommissar. „Also hilft uns der Sportarzt weiter." Sie setzten sich mit in den Transporter, der den Toten fortbrachte. An der Praxis des legendären Orthopäden Reiner Hetterle stiegen sie aus. Der grau gelockte Doktor bestätigte nach Vorlage der Fotos: „Er war mein Patient. Bobby Damme litt nach einer OP an der linken Kniescheibe unter Depressionen. Hatte Angst, nie wieder Fußball spielen zu können. Vermuten Sie Selbstmord?" – „Wir vermuten alles", lächelte Arnold, was den Kommissar erschreckte, denn Arnold lächelte nie.

In der Trainingshalle der Stadtmannschaft wurden Ecken geübt und Elfmeter geschossen. Ole Klammpott, der Kotrainer, stand ihnen Rede und Antwort. Ja, Bobby sei morgens zum Training angehinkt. Es gab etwas Streit, weil er ihn nach Hause schicken musste. „Er besaß ja kein richtiges Zuhause mehr", erklärte Klammpott. „Die Freundin ist ihm weggelaufen." – „Und zu wem?", hakte Merks aus einer Intuition heraus nach. Klammpott senkte liebenswürdig schuldig den Blick. „Zu mir", antwortete er. „Das habe ich mir gedacht", meinte der Kommissar. „Offenbar hatten Sie heute Morgen eine handgreifliche Auseinandersetzung. Bei der erschlugen Sie Bobby mit einem stumpfen Gegenstand, einem Baseballschläger zum Beispiel. Sie versteckten den Toten zunächst mal hier, um ihn dann mittags mit Ihrem Wagen an den Kanal zu fahren und über die Brüstung zu werfen. Die raffiniert ausgeklügelte Fußspur im Schnee, für die Sie in die Schuhe des Getöteten schlüpften, hat Ihr Verbrechen nämlich nicht verschleiert, sondern bewiesen." – Was war der Beweis?

Rund um den Adventskranz

In der Nacht zum zweiten Advent schrillte plötzlich das Telefon. Gerade hatte Merks die Kerze auf dem ruppigen Adventskranz angebrannt, der im Flur des Präsidiums hing. Am Ende des Ganges standen die Uhrzeiger auf fünf Minuten nach zwölf. Der Kommissar stolperte von der Leiter und lief ins Büro.

„Hier ist Stefan Lenz“, hauchte die deprimierte Stimme eines jungen Mannes ins Telefon. „Lenz im Wichtelmannweg vier.“ Der Kommissar entsann sich, dass es da schon einmal ein ungeklärtes kriminelles Ereignis gab. Vor zwei oder drei Jahren hatte der junge Lenz, der mit der Mutter allein im Häuschen lebte, die alte Dame heftig verprügelt. Nicht nur, dass Frau – wie war doch gleich ihr wunderlicher Vorname? Ach, ja – also dass Frau Miranda Lenz einen Tag im Krankenhaus verbringen musste. Es hatte sogar Anzeichen dafür gegeben, dass die Attacke auf das Leben und eine beträchtliche Erbschaft zielte. Allerdings lehnte die Geschädigte eine Anzeige strikt ab.

„Meine Mama ist verstorben“, stotterte Lenz. „A-an Herzversagen. Kommen Sie schnell.“

Warum muss ich schnell kommen, wenn sie schon tot ist?, dachte der Kommissar. Aber er wusste, was sich gehört, und sagte kommentarlos zu.

Das geräumige Wohnzimmer erinnerte irgendwie an die aufwendige Dekoration für das Bühnenstück Dinner for one. In Socken stand Gustav Merks auf dem teuren Teppich und betrachtete kurz die glitzernden Vitrinen mit der Überfülle von Porzellanfigürchen und künstlichen Blumen, die in Kristallvasen steckten. Aus schimmerndem Kristall bestand auch der gewaltige Kronleuchter über dem Tischoval, dessen Glanz den einer brennenden Kerze auf dem Tisch überstrahlte. Diese klemmte in einem Fichtenkranz darunter und hatte etwa die gleiche Höhe wie die drei noch unangezündeten Lichter mit ihren unberührten Dochten. Im Übrigen lagen rund um den Nadelkranz auf kostbaren Geschirrteilen Reste von Braten, Pastete sowie der grauhaarige Kopf der alten Frau.

Miranda Lenz schien vornübergekippt zu sein. Dass sie nicht aus dem behaglichen Ohrensessel gerutscht war, hatte seinen Grund in ihrer beachtlichen Leibesfülle.

Jetzt scheuchte der Sohn hinter ihr irgendeine unsichtbare Spinnwebe aus der Luft und erklärte: „Mama durfte eigentlich nicht so viel essen, aber sie wollte das Viergängemenü unbedingt. Ich mahnte: ‚Mama, pass auf! Dein Herz!‘ Auf einmal war sie tot. Verzeihen Sie den Ausdruck, Kommissar. Sie hat sich überfressen."

„Sie haben keinen Arzt gerufen?" Merks schüttelte den Kopf und zog sein Handy. Der Notdienst versprach, in Kürze da zu sein. Aber auch so sagte dem Kommissar die Erfahrung, dass die alte Dame nicht mehr lebte. Er vermutete, dass sich in einer der Speisen Gift finden würde. „Und nun erzählen Sie mir mal, bis der Leichenbeschauer kommt, wie Ihr Abendessen verlief, und vergessen Sie kein Detail."

„Also zwanzig Uhr habe ich den Tisch gedeckt und die Adventskerze angebrannt. Dann ..."

„Lenz!", unterbrach ihn Merks. „Eben haben Sie mir eine faustdicke Lüge aufgetischt." –

Welche?

Verlobung zu St. Barbara

Mit Anke und Karolin gab es in der Stadt zwei Stardiven, und das war einfach eine Diva zu viel. Zwar traten die beiden jungen Frauen gemeinsam in einem ständig ausverkauften Brettlprogramm auf. Doch als ruchbar wurde, dass die blonde Anke ihrer Kollegin den Lebenspartner weggeschnappt hatte, tickte die Bombe.

Gerade jetzt stand Anke neben ihrem Auserwählten. Sie bückte sich in den Mercedes, mit dem sie als erste Gäste auf dem ländlichen Parkplatz gelandet waren. Der gutmütige Peter, Herr beider Künstlerinnen und einiger anhängender Musikanten und Tänzer, blickte mit großen blauen Augen in den Abendhimmel. Eben belud ihn die Braut mit mindestens sechs Blumensträußen.

Danach hob sie fünf kräftige Kirschbaumzweige aus dem Kofferraum. „Heut ist St. Barbara", lächelte sie. „Wir stecken die Zweige ins Wasser, dann stehen sie zu Weihnachten in voller Blüte."

„Und erinnern uns an unsere Verlobung heute", strahlte Peter.

„Jetzt ist es gerade mal 17 Uhr", bemerkte Anke auf einmal sehr kühl. „Bis sieben trudeln die letzten Gäste ein, und dann wird es schon Nacht."

Während sie neben ihrem Bräutigam auf den romantischen Landgasthof zustakste, meinte sie: „Gott sei Dank kommt mein alter Freund, der Kommissar. Und hoffentlich bleibt Karolin der Party fern."

Der Weg über den Hof war mit Feldsteinen gepflastert. Der Schnee fiel quasi aus heiterem Himmel. Rasch überzogen die Flocken die weite Fläche des Parkplatzes mit einer dichten Decke.

Es war kurz nach 19 Uhr, als Kommissar Gustav Merks seinen alten Audi neben die anderen Wagen stellte. Vorsichtig, um die für den Anlass frisch geputzten Schuhe nicht zu beschmutzen, balancierte er einen Riesenstrauß und seinen stattlichen Bauch über den Hof.

Drinnen liefen bereits die musikalischen Verlobungsständchen. Als der Kommissar in der Tür erschien, steppte die mollige Karolin zu heißen Pianoklängen über das Parkett. Man konnte über die beiden Künstlerinnen denken, was man wollte – in diesem Augenblick, als die kühle Schönheit neben ihrem Bräutigam still sitzen musste, war Karolin die weitaus bezauberndere Person im Saal. Sie hatte einen witzigen Song über die rosige Zukunft verfasst und verführte damit selbst die anwesenden Brettlkollegen zu Beifallsstürmen. Als sie Anke gelbe Rosen und Peter ein Biedermeiersträußchen mit großer Silberdistel überreichte, beobachtete der Kommissar von der Tür aus die Mienen der drei genau.

„Wenn Blicke Stichwaffen wären", dachte Merks. In diesem Moment schob sich Karolin an ihm vorbei nach draußen. Offenbar musste sie zur Toilette.

Anke rief: „Oh, Gustav! Setz dich doch in Ermangelung eines Schwiegervaters an meine Seite!"

Merks gratulierte väterlich, und amüsiert verfolgte er die anschließende Darbietung des Hausballetts. Danach mischte sich eine völlig entspannte Karolin wieder unter

die Gäste. Das Buffet wurde eröffnet. In einem günstigen Moment winkte Anke den Kommissar an ihre Seite.
„Denk nicht, dass das, was ich dir anvertraue, bloß Theaterdonner ist. Karolin hat einem der Musiker erzählt, dass sie mich in die Luft sprengen will. Wörtlich! Von einer Autobombe war die Rede. Du hast doch Erfahrung mit so was. Könntest du bitte mal zu unserem Wagen gehen und nachschauen?"
Merks nickte stumm.
Als er schon auf dem Hof war, stand die Braut plötzlich in der Eingangstür und winkte ihn aufgeregt zurück. „Entschuldige. Weißt du denn, welches Fahrzeug unseres ist?"
„Deinen Wagen", meinte Merks, „finde ich auf Anhieb." Er betrachtete den Mercedes gründlich. Dann kam er zu der fast sicheren Annahme, dass niemand einen Sprengsatz daran geheftet hatte. – Doch wie kam es, dass er ohne langes Suchen Ankes Auto fand?

Der Pater als Dealer?

„Ereignislos“, knurrte Kommissar Merks, der im Präsidium mit Arnold einen langweiligen Nachtdienst schob. Er kommentierte damit die bisher allzu ruhig verlaufenden Stunden. Techniker Arnold spielte ein frisches Video über die Psychodroge Ecstasy ab. Er murmelte vor sich hin: „Der Genuss ist nicht strafbar, aber der Verkauf von 300 bunten Pillen bringt dem Dealer ein bis fünfzehn Jahre ein. Verstehst du unsere Gesetze, Gustav?“

Merks blickte auf die Uhr über der Tür. 19 Uhr. Er lief zum Fenster rüber. „Schau mal, Wolf! Plötzlich schneit es wie verrückt!“

Zur Antwort las Arnold vom Recorder ab: „Die Droge hält die Technoraver nächtelang wach.“ Er gähnte herzhaft.

22.11 Uhr meldete die Wache einen Besucher: „Ein Kosel, David, Krankenpfleger, 32 Jahre. Will was auf seiner Digitalkamera vorführen. Soll er rauf?“

„Rauf“, seufzte Merks, erleichtert über die Abwechslung. Zu hören war noch: „Nehmen Sie den Lift links.“ Und in leiserem Ton: „Vorsicht: Wirkt wie ein ausgebuffter Schauspieler.“ Ein schöner Mann, der mit seinen über eins neunzig vielleicht ein bisschen zu lang war, betrat das Büro. Den angebotenen Stuhl lehnte er ab.

„Wenn ich Ihnen die Ermittlungsfotos zeigen und um rasches Eingreifen bitten darf? Der Täter schlägt nämlich etwa 0 Uhr zu!" Arnold, der sein Video abgeschaltet hatte, stand in der Zimmerecke. „Kommen doch auch Sie bitte näher, Herr Polizist!"

Der Pfleger hatte um 22 Uhr den Dienst auf der Palliativstation beendet.

„Was ist das?", fragte Arnold.

Das sei jene Krankenhausabteilung, in der die Sterbenden betreut werden. Er habe eine Spezialausbildung dafür.

„Also besitzen Sie starke Nerven", brummte Merks. „Und wen zeigen Sie an?"

Die Antwort verblüffte beide Kriminalisten: „Einen Dealer von Ecstasy. Sie wissen schon: Diese Typen, die um Mitternacht in den Discos auftauchen und der Jugend die kleinen bunten Dinger andrehen – erst verschenken, dann verkaufen, dann abhängig machen. Ich habe den Kerl fotografiert. Sehen Sie – hier!"

Kosel berichtete, er habe Stübner, den Sterbehilfspfarrer, etwa 19 Uhr angerufen. Frau Eitner, eine im Übrigen sehr liebenswürdige Patientin, lag in den letzten Zügen. Stübi, wie ihn das Pflegepersonal nannte, traf 19.20 Uhr ein und blieb allein bei der Sterbenden. Drei viertel acht kam er aus dem Raum und lief in das Zimmer von Frau Lohse, einer anderen Patientin. Frau Eitner sei in seinen Armen entschlafen, berichtete er knapp. 19.50 Uhr stellte Stationsarzt Hartmann den Totenschein aus. Kosel richtete das Sterbebett – und was sah er unter der Matratze? Vier mustergültige Probepackungen Ecstasy. Der Pater war also ein Dealer, und hier auf der Station fand er seine unwürdigen Verstecke!

Die Kameraaufnahme zeigte die hochgehobene Matratze und das glitzernde Pillenset. 20.05 Uhr lasen die Kriminalisten auf dem Timecode am Bildrand.

Es habe ihn nun getrieben, weitere Fakten im Bild festzuhalten, erzählte Kosel. Er sei hinausgelaufen und habe den Golf des Pfarrers fotografiert. Jetzt war die Uhrzeit 20.08 Uhr zu lesen.

„Richtig", bestätigte Merks. „Da schneite es schon achtzehn Minuten."

Zum Wagen hin und zurück führten Fußspuren über die sonst unberührte Schneedecke.

Drei viertel neun ging der Pater noch einmal zu der Verstorbenen hinein, angeblich um ein Gebet zu sprechen. 20.49 Uhr zeigte der Timecode neben der Aufnahme, auf der wieder die Matratze, diesmal ohne Drogenpäckchen zu sehen war. Die Abfahrt des Golfs habe er auch gefilmt, freute sich Kosel. Auf dem mit 21.02 Uhr bezifferten Foto saß der Pater am Steuer des Wagens und verließ das Krankenhaus. Diesmal führte eine neue Fußspur zum Auto.

„Untersuchen Sie das Fahrzeug dieses Heuchlers!", forderte Kosel. „Seine Wohnung befindet sich ..."

Der Kommissar schmunzelte säuerlich. „Ich glaube, Sie wollen dem Pater was in die Schuhe schieben, Herr Kosel. Hat er Sie vielleicht beim Sex im Dienst ertappt? Eine Ihrer Aufnahmen hätten Sie uns nicht zeigen dürfen. Abführen!"

Als Arnold den verdutzten Schönling hinausgebracht hatte, rief Gustav Merks Stübner an. Er sagte: „Falls sich in Ihrem Wagen ein paar Tabletten finden, so bringen Sie uns diese bitte vorbei, Hochwürden. Und lassen Sie Ihr Auto bei Krankenbesuchen nicht offen." –

Welches Foto verriet den Pfleger?

Neunzehn böse Nikoläuse

Seit dem letzten Besuch der Kripo in der Sportkantine am Pappelhain hatte die sich kaum verändert. Nur etwas abgerissener sah Adam Spoerwolfs Trinkersanatorium aus: Der Putz bröckelte da und dort, und das angrenzende Fußballfeld glich einem einzigen Schlammpool. Dennoch brannte Licht hinter den Fenstern. Spoerwolf, der mit seinen dicken Augenbrauen und der massiven Figur einem Märchenbären ähnelnde Wirt, empfing Kommissar Merks und Hauptmeister Arnold mit saurer Miene. Merks schmunzelte, denn es war natürlich klar, dass sie der Knacki nicht umarmen würde. Letzten Advent hatten beide ihm nämlich gründlich das Geschäft verdorben. Im Weihnachtsmannkostüm hatte sich das Duo unter 119 ebenso gekleidete Stammgäste gemischt, Mitglieder des gemeingefährlichen Vereins ehrenamtlicher Nikoläuse. Die wollten bei ihrem Treffen einige vorweihnachtliche Banküberfälle besprechen – wozu es dank der Anwesenheit der Kripo aber nicht kam. Heute war wieder 2. Advent und Nikolaustag dazu.
„Na, immer noch Vereinsboss von Niko & Co.?“, fragte Gustav Merks geradeheraus. Der Kantineninhaber schielte hinter dem Zapfhahn hervor, als ob er hinter dem Deckung

suchte. „Was wollt ihr schon wieder?“, fragte er. „Letzte Nacht“, antwortete Wolf Arnold mit der für ihn typischen Korrektheit, „wurde nebenan die Kaufhalle geplündert. Sachschaden etwa achttausend. Der Wert der entwendeten Spirituosen und Lebensmittel geht an die zehntausend heran. Blitzschnelle Profiarbeit mit mehreren Kraftfahrzeugen und schätzungsweise zehn oder mehr Tätern.“ Merks ergänzte: „Du wirst verstehen, dass wir deine Gäste verdächtigen. Hattet ihr nicht gestern Weihnachtsfeier? Wie viele Nikoläuse kamen denn diesmal zur Versammlung?“ Spoerwolf zog unter dem Tresen ein Papier hervor. „Auf der Anwesenheitsliste“, erklärte er, „könnt ihr sogar die Namen der neunzehn Mitglieder lesen, wie sie sich bei mir ordentlich eingetragen haben. Die haben gesoffen und gesungen bis in den Morgen. Seht ihr doch an dem Dreck, der noch rumliegt. Ihr stört mich beim Putzen.“ Merks studierte die Liste und murmelte: „Ist doch erstaunlich, wie viele Leute Meier, Krause und Schulz heißen. Aber wir besitzen sicherlich Unterschriftsproben der meisten.“ Spoerwolf knallte ein weiteres Papierchen auf die bierfeuchte Theke. „Und das hier?“, brüllte er. „Die Quittung für meinen Einkauf von 1.000 Litern Bier fürs Wochenende – mit Stempel und Unterschrift!“ – „Wir sollten uns seinen Keller anschauen“, schlug Arnold vor.

Als sie die Treppen hinabstiegen, witzelte der Kommissar: „Mitgliederschwund im Verein? Voriges Jahr erschienen doch 100 Gäste mehr.“ Der Wirt gab bissig zurück: „Es war der harte Kern, also nur der Vorstand.“ Er trampelte zu dem fast vollen 1000-Liter-Tank, der hinten stand, schraubte den Deckel ab und kontrollierte die Kohlensäurezuführung. Das Bier stand beinahe bis zum Deckelverschluss. Von einem Regal langte Adam Spoerwolf drei

Biertulpen. Er füllte den Besuchern und sich je ein Glas ein. „Trinkt einen Schluck zur Versöhnung, Leute“, lächelte er jovial. „Diesmal habe ich schließlich nichts ausgefressen.“ Arnold, der für frisch Gezapftes eine Vorliebe besaß, griff nach dem Glas. „Rühr es nicht an!“, empfahl Merks. „Denn es liegt doch auf der Hand, dass unser alter Adam in den Kaufhallenraub verwickelt ist.“ – Was bewies die Behauptung des Kommissars?

Herz im Stiefel

Am Tag nach Nikolaus erschrak die fünfundvierzigjährige, doch dank kosmetischer Hilfe immer noch wie dreißig aussehende Chefsekretärin der Transportfirma Zaumseil GmbH. Als sie in der Frühstückspause in die vor die Bürotür gestellten Schaftstiefel schlüpfen wollte, fuhr es Marina Meyer wie ein Stich ins Herz. Ein solches, nämlich ein Herz aus Pappe, steckte in einem der Stiefel. Sie zog das mit blutroter Acrylfarbe angepinselte Kartonteil heraus und wunderte sich, dass die Rundungen ziemlich unsauber ausgeschnitten und am linken Herzbogen gar hässlich ausgefranst waren, als hätte ein ungeschicktes Kind die Schere geführt. Das Gefühl von Hässlichkeit und Bedrohung, das sie instinktiv verspürte, setzte sich fort, als sie die mit weißen Buchstaben aufgetragene Schrift auf der Pappe las: „Dein Herz wird stillesteh'n, willst du mit Olaf geh'n."

„Wer ist Olaf?", fragte der gemütliche Kommissar Merks, dem sie später im Polizeibüro gegenübersaß.

„Mein Verlobter", hauchte Marina mit belegter Stimme, „und wir werden Weihnachten heiraten. Das bringt natürlich einige Leute in meinem Betrieb auf die Palme. – Es ist doch klar eine Morddrohung, Herr Kommissar?"

Das plump ausgeschnittene Herz lag zwischen ihnen auf dem Tisch.

„Man könnte es so auslegen", meinte Merks. Aber das

kommt ganz darauf an, was Sie mir noch dazu erklären wollen, Frau Meyer."

Von Wollen konnte man bei dem nun folgenden Bericht der Sekretärin kaum reden. Sie zierte sich wie ein minderjähriges Mädchen. Dank der Geschicklichkeit des erfahrenen Ermittlers kam am Ende heraus, dass die bedrohte Dame nicht nur mit einem Kollegen der Firma, sondern auch mit Bernd Zaumseil, ihrem verheirateten Chef, ein Verhältnis gepflegt hatte. Beim geduldigen Zuhören stellte sich Gustav Merks alle diese Männer auf der Spitze einer Palme vor. Olaf freilich – und das musste die Firmenangestellten besonders kränken – war ein Betriebsfremder, der sogar ein Konkurrenzunternehmen leitete.

Als die Palmenspitze gerade zusammenbrach, fragte Merks barsch: „Als Hauptverdächtige nannten Sie mir zwei Männer – Ihren Chef und den Lagerverwalter Nick Besser. In den vielen Jahren haben Sie die Schrift beider Kollegen oft gesehen. Da es sich aber um Druckbuchstaben handelt, die außerdem mit der linken Hand gepinselt sind, würde ich gern noch einige Details über Ihre ehemaligen Liebhaber erfahren."

„Nun ..." Marina zauderte erneut. „Beide belästigen mich jeden Tag. Der Chef mit zynischen Bemerkungen ... Und der Nick hat mich am dritten Dezember in der Lagerhalle beinahe vergewaltigt! Er ist leider so brutal geworden, weil er ohne mich jetzt so allein ist vor Weihnachten ... Aber jeder Mann hat eben seine Vorzüge und Schwächen. Bernd leidet beispielsweise darunter, dass er Linkshänder ist."

„Dafür", überlegte der Kommissar laut, „hat er allerdings eine ausgezeichnet lesbare Schrift. Aber es gibt ein viel wichtigeres Indiz, dass Ihr Chef es gewesen ist, der Ihnen das Herz in die Schuhe geschoben hat."

Tödliches Stilett

Die Zwillinge Martha und Maria hatten ihr Leben lang als Schwestern in der Chirurgie gearbeitet. Gemeinsam trugen sie den Familiennamen Völkel. Denn in 66 Jahren hatte weder Martha noch Maria den privaten Chefarzt für ein trautes Heim gefunden. Nun blickten sie auf ein zumindest beruflich erfülltes Dasein zurück. Ihre Zusammengehörigkeit stellten beide noch jetzt gern zur Schau, auf Fotografien zum Beispiel, für die sie die gleichen Kleider anzogen. Meist geschah so etwas im Garten des Seniorenparks, wo Maria in einem bescheidenen Appartement residierte. Martha wohnte zur Miete in der Stadt und besuchte die Schwester regelmäßig. Wie es tatsächlich um die treue Beziehung bestellt war, wusste nur der korpulente und langsam selbst in die Jahre kommende Gustav Merks.

Der Seniorenpark lag in unmittelbarer Nachbarschaft seiner Singleparzelle inmitten der grauen Plattenbauten. Oft war er Maria Völkel im Einkaufscenter begegnet. Eines Tages sprach sie ihn an. Um Polizeischutz bat sie den Kommissar.

„Martha will mich nämlich umbringen", erzählte sie. Von einem Erbteil war die Rede und zwei Besuchen Marthas, nach denen sie vergiftete Pralinen und ein gelockertes Balkongitter entdeckt hatte.

Merks gab ihr seine Karte. „Sie können mich jederzeit

anrufen", sagte er freundlich. Mehr konnte er wegen der Personalsituation der Polizei nicht bieten.

Der Anruf kam an einem trüben Dezembertag, an dem das Kalenderblatt Maria Empfängnis anzeigte. Gustav Merks riss das Blatt des 7. Dezember gerade ab. Fünf Minuten später erschien er im Altersheim. Im cremeweißen Schlafrock, die Armstulpen mit goldener Borte benäht, öffnete Maria die Tür.

Der Morgenmantel stand der schlanken alten Dame wie ein Festkleid, auch war ihr graues Haar gut frisiert und das Gesicht dezent geschminkt. An den Füßen trug sie Laufsocken aus besonders fester Wolle, auf einer war ein L, auf der anderen ein R eingestickt. Sie bot Merks den gemütlichen Sessel an und nahm selbst auf einem safrangelben Sofa Platz. Alles war in hellen Farben geschmackvoll eingerichtet. Der Kommissar wunderte sich über das silberne Kreuz mit Christuskorpus an der Wand.

„Wussten Sie nicht, dass ich tief religiös bin?", fragte sie und setzte hinzu: „Im Gegensatz zu meiner gottlosen Schwester."

Merks fiel dazu nichts Besseres ein, als auf ihre Füße zu deuten. „Sie haben die Strümpfe verkehrt angezogen", stellte er fest. „Also rechts die linke und links die rechte Socke. Pardon, Madame, aber Kriminalisten fällt so etwas auf."

Unbeeindruckt plauderte sie weiter über Religion. Sie hänge auf geradezu fetischistische Art an ihrer Kirche, sodass sie fünf Schlafröcke besitze, in den fünf liturgischen Farben nämlich: Weiß, Rot, Violett, Grün und Rosa. Diese Hausmäntel trage sie, der Jahreszeit entsprechend, so, wie die Priester in der Kirche die Farbe der Gewänder wechseln. „Man hat eben seine Schrullen im Alter", seufzte sie. „Mögen Sie einen Cognac?"

„Gern“, meinte Merks, den heute kein Dienst erwartete. Bis sie aus dem Nebenzimmer, offenbar dem Schlafraum, mit der Flasche zurückkam und dann die Cognacschwenker in einem Unterschrank des Wohnzimmers suchte, verging eine Weile.
„Weshalb“, fragte der Kommissar, „haben Sie mich eigentlich hergebeten?“
„Sie ist exitus“, antwortete sie in der direkten Art einer Operationsschwester.
„Wer?“
„Na, meine Schwester. Die liegt von ihrem eigenen Stilett getroffen mit durchschnittener Kehle im Bad.“
Neben der Wanne erblickte Merks eine Frau im Straßenkostüm, die seiner Bekannten wie ein Ei dem anderen ähnelte. Viel Blut war zu sehen und ein chirurgisches Messer auf den Fliesen. „Martha hat mich plötzlich hereingerufen. Angeblich sollte ich ihr die Schuhe zubinden. Doch auf einmal holte sie mit dem Stilett aus. Nun, meine Notwehr funktionierte besser.“
„Die Tote hier heißt Maria“, sagte Merks langsam. „Sie haben nach dem Mord die Hauskleider ihrer Schwester angezogen. Dann riefen Sie mich, um die grässliche Tat zu vertuschen. Dabei begingen Sie aber drei schwere Fehler, Frau Martha Völkel. Ich meine nicht bloß die verkehrt angezogenen Socken und das lange Suchen nach den Gläsern. Ihr gröbster Fehler war ...“ –
Welchen Fehler nannte der Kommissar?

Herr Professor geht baden

Der Bauernhof lag in Franken, dort war der Tannenwald idyllisch verschneit. Um endlich richtigen Schnee zu sehen, hatte Kommissar Gustav Merks der Großstadt den Rücken gekehrt und war für zwei Tage ins Bayernland gedüst. Dem Bauern nannte er einen anderen Beruf. Dann kamen die Bilder im Fernsehen, die zeigten, wie Merks das Heroin auf dem Flughafen beschlagnahmte. Nun konnte er sich, wo auch immer er spazieren ging, vor freundlichen Grüß-Gott-Rufen nicht retten.

Im Nachbardorf hatte sich Ludwig Eixmann, ein Geologe im Rentenstand, eingemietet, zusammen mit seiner ebenfalls berenteten Gattin Hanka und der frisch geschiedenen Institutsmitarbeiterin Angelique. Mit Letzterer kraxelte der erschreckend mobile Greis von früh bis spät in den Hügeln herum. Die kokette Kollegin war fünfundvierzig, und man sah auf den ersten Blick, dass sie mit ihrem ehemaligen Chef das Quartier nicht bloß verließ, um Steine zu suchen.

Am zweiten Morgen des Kurzurlaubs hämmerte die Professorenfrau an Merks' Tür. Seit gestern sei ihr Gatte verschwunden, und diese Angelique habe noch beim Frühstück gewitzelt, wie herrlich es wäre, wenn man im Bergsee baden würde. „Mein Ludwig wollte mit diesem

jungen Biest aufs Eis baden gehen – stellen Sie sich das doch bloß mal vor! Er ist vierundsiebzig und hat es mit dem Darm. Helfen Sie mir suchen, Herr Kommissar."
Merks und die besorgte Frau hüllten sich in Decken. Sie bestiegen einen Pferdeschlitten, den der taubstumme Sohn des Vermieters lenkte. Die Glöckchen am Kumt klingelten lieblich, die Tannen schwiegen majestätisch. Merks wäre in einen wunderbaren Tagtraum versunken, hätte da nicht Hanka Eixmann ihm gegenübergesessen. Die plapperte und greinte in einer Lautstärke, die der Waldstille diametral entgegengesetzt war.
Frau Professor vermutete das Schlimmste, nämlich ihre plötzlich und unerwartet beginnende Witwenrente.
Vor den letzten Metern zum See blieb der Taubstumme allein beim Schlitten zurück. Nach wenigen Schritten eröffnete sich ihnen eine herrliche Aussicht auf den vereisten See. Die kleinen Berghütten in der Nähe schienen verlassen, obwohl es Merks für einen Moment so vorkam, als hätte er aus einer das Kichern einer Frau gehört.
Plötzlich erblickten sie etwas im Schnee, der an dieser Stelle unter der Sonne am Schmelzen war.
„Das ist seine Baskenmütze! Und das seine Bruyèrepfeife!", rief Hanka Eixmann, stürzte auf die Gegenstände am Ufer zu und schluchzte: „Er ist ertrunken! Mein Ludwig ist ertrunken!"
Außer Pfeife und Kopfbedeckung des Professors entdeckte der Kommissar einen weiteren Gegenstand, der ihn allerdings schmunzeln ließ. Zur Hälfte mit einem dicken Schneeball bedeckt, lag da eine dicke rote Möhre. Nun wurde ihm klar, was der verschwundene Geologe mit seiner Assistentin hier getrieben hatte. – Was wohl?

Kostenlos plombiert

Frau Dr. Joncker-Maciejewski, die Zahnärztin mit der kupferbraun glänzenden Frisur, besaß zwei Vorteile. Der eine war ihre jugendliche Erscheinung, sodass man sie zehn bis fünfzehn Jahre jünger einschätzte. Der andere Vorzug ihrer sonst zupackenden Persönlichkeit bestand in einer Gemütsruhe, die sie nach dem plötzlichen Verkehrstod ihres Mannes erworben hatte. „Nun kann mich nichts mehr erschüttern", hatte sie damals geäußert und diesen Ausspruch als eine Art Lebenslosung im Alltag durchgehalten. Die beiden Söhne schwärmten von ihrer „coolen Mama". Von einem Nachteil, der sie ebenfalls auszeichnete, wurde sie erst vor Kurzem betroffen. Er bestand darin, dass sie einen Fünfer im Lotto gewonnen und sich dieser Umstand weithin herumgesprochen hatte. Das war auch der Grund dafür, dass eines düsteren Nachmittags, gegen Abend hin, ein Fremder in ihrer Praxis erschien. Das Wartezimmer war leer gewesen und die Sprechstundenhilfe bereits nach Hause gegangen.

Er nannte sich Schmidt und schritt direkt durch bis zum Behandlungsstuhl. Der Mann war von rotblonden Stoppelhärchen, die sich auf seinem kräftigen Schädel und den nackten Unterarmen verbreiteten, wie mit zartem Fuchsfell bewachsen. Er hielt eine kleine Handfeuerwaffe auf den

Knien, die er auf die Ärztin richtete und dabei erklärte: „Ich habe so was noch nie gemacht, also meine behandelnde Ärztin mit einer Pistole bedroht. Aber es ist wichtig, dass Sie zu keinem Telefon greifen und auch kein Geschrei anstimmen. Tun Sie das, bleiben Sie unverletzt und zwar, nachdem Sie mir zwei Wünsche erfüllt haben. Mein erstes Anliegen ist, dass Sie mich von den saumäßigen Zahnschmerzen befreien, die mich plagen. Das zweite Anliegen können Sie sich denken: Sie schenken mir Ihr Bargeld und leihen mir Ihre Geldkarte. Fangen Sie an."
Als die Ärztin den aufgerissenen Mund des Mannes mit dem Allerweltsnamen inspizierte, erklärte sie: „Die Schmerzen rühren von einem Backenzahn, den ich jedoch nicht ziehen, sondern lieber füllen möchte. Es wäre doch schade um Ihr ansonsten jugendstarkes Gebiss, nicht? Allerdings tut es ein bisschen weh." – „Ich halte Schmerzen aus", beteuerte Schmidt. „Aber bitte keine Betäubungsspielchen!" – „Wir können darauf verzichten", meinte sie. „Hoffentlich stört es Sie aber nicht, wenn mein Kleiner um sechs hier hereinspaziert, weil wir gemeinsam Abendbrot essen wollen." Kurz musterte er das Aussehen der Frau und fragte dann: „Wer soll das sein? Ein Grundschüler vielleicht?" Sie antwortete, während sie den Bohrer ansetzte: „Ja, mein lieber Bub. Der jüngere." – „Kein Problem. Doch wenn er Rabatz macht, verpasse ich ihm eine Kugel." Sie arbeitete gründlich, Schmidt stöhnte manchmal bloß. Punkt achtzehn Uhr betrat ihr neunzehnjähriger Sohn, Jugendmeister in verschiedenen asiatischen Kampfsportarten, den Raum. Eben drückte sie dem Patienten mit sanften Fingern die Füllung ins gebohrte Loch. Marvin – so hieß der Junge – erkannte die Lage. Er schwebte auf den Typen herab, warf die Pistole in weitem Bogen weg und beförderte ihn mit

ein paar Hebelgriffen nach draußen. Dort sprang der Überwältigte in einen Wagen, der mit laufendem Motor vorm Haus stand.
Als Kommissar Gustav Merks erschien, identifizierte der aufgrund der guten Personenbeschreibung den Täter, der zwar nicht Schmidt hieß, aber schon lange zur Fahndung stand. Vorwurfsvoll sah er den Sohn der Ärztin an. „Warum hast du ihn fliehen lassen?“, fragte er. Frau Doktor lächelte. „In der nächsten Stunde werden Sie den Mann fassen“, meinte sie. „Sie brauchen nur die Zahnarztpraxen aufsuchen, die jetzt noch Dienst haben. Warten Sie! Ich gebe Ihnen die Liste.“ – Was verbarg sich hinter dem Rat der coolen Frau?

Weihnachtswunsch Papagei

In der Vorweihnachtszeit sah Richard, der Neffe des Kommissars, zu, dass er regelmäßig beim Sonntagnachmittagsplausch im Hotel seiner Mutter erschien. Schließlich tauchte da der von ihm vergötterte Onkel, also Gustav Merks auf, und der strohblonde Gymnasiast wollte selbst einmal Kriminalist werden. Der Kommissar ersetzte ihm so etwas wie den Vater ... Wieder einmal baggerte eine Schönheit aus der zehnten Klasse um die Gunst von Klein Richard, wie alle den Jungen nannten. Auch er war dieser leicht affektierten Zoe ein wenig zugeneigt. Doch der Weihnachtswunsch, den das Girl ihren nicht unbetuchten Eltern angetragen hatte, irritierte Klein Richard sehr. Es sollte und musste ein Papagei sein, ein lebendiger – klaro – und kein Stofftier! „Wisst ihr, was mit dem armen Vieh nach der Bescherung abgeht?", fragte Richard beim sonntäglichen Treffen. „Sie wird ihn ins Tierheim schaffen oder gar das Fenster öffnen, wenn er frei in der Stube rumflattert. Zoe ist nämlich eine besondere Lady." Merks schmunzelte. Er versprach: „Ich rede ihr den Vogel aus. Lade Zoe zu uns ein."

Als sie beim Schein von drei Kerzen zusammensaßen – die Mutter wie immer auf Kohlen, denn im Haus stauten sich die Gäste, der Sohn mit obercoolem Gesichtsausdruck, seine wahrhaftig bildschöne Eroberung voller

Scheu, auch nur ein Stück der angeschnittenen Torte zu ergreifen und der Alte mit einem feinen, undurchschaubaren Grinsen – verteilte Letzterer einen Quizbogen an alle. „Vogelpflegertest“ stand darauf, danach folgten sechs Thesen. Sicher, erzählte er, hätten alle schon vom Hochsicherheitsknast Alcatraz gehört. Und vielleicht auch von jenem Mehrfachmörder, der dort bis zu seinem Tod einsaß und zur Verbesserung seiner Lebensqualität in der Einzelzelle Vögel züchtete. Dieser Robert Stroud entwickelte sich zu einem von vielen Fachleuten befragten Vogelkenner. Zwei ornithologische Bücher hatte er geschrieben. „Aus diesen Schriften des Verbrechers“, sagte der Kommissar, „habe ich den Inhalt der sechs Behauptungen, die ihr in der Hand haltet, herausgesucht.“ Das stimmte zwar nicht ganz, aber erschien für einen auch in der Geschichte des Verbrechens bewanderten Polizeibeamten als völlig plausible Erklärung. „Kreuzt bei jeder Aussage an, ob sie wahr oder unwahr ist. Nur wer alle sechse richtig bewertet, ist in der Lage, einen exotischen Vogel zu Hause zu halten. Alles klar?“ Die Thesen aber lasen sich so: 1. Alle Vögel haben Milben. 2. Papageienmännchen sprechen besser. 3. Alle Papageien sind monogam. 4. Auch im Schwarm gehaltene Vögel können zahm sein. 5. Vogelmännchen sind anhänglicher. 6. Nicht nur Vogelmännchen, auch die Weibchen können singen.

Der Effekt des Tests war natürlich, dass keiner alles richtig beantwortete. Und die schöne Zoe überlegte ernsthaft, ihren Weihnachtswunsch zu ändern. Nur Richards Mutter kam mehr oder weniger zufällig auf fünf richtige und wurde mit Hallo gefeiert. Merks meinte: „Wie wär’s, wenn du dir fürs Hotel einen Papagei anschaffst?“ In diesem Moment schellte die Glocke an der Rezeption. Die Schwester des Kommissars sprang hoch und rief im Hinauslaufen: „Ich hab doch keinen Vogel!“ – Welche Behauptungen sind wahr und welche nicht?

Verzwickte Familienbande

Prasselvoll waren die Kaufhallen in den Adventstagen. Die Diebinnen erschienen zu dritt. Schon vergangenen Freitagabend waren sie in die Halle eingeschwärmt. Sie verhielten sich alles andere als leise. In ihrer Sprache riefen sie sich über die Regale hinweg zu, welchen Artikel sie noch brauchten. Mit zwei Einkaufswagen manövrierten sie herum. Irgendwie schafften sie es, mit den übervollen Rollkörben gleichzeitig an einer Kasse einzutreffen. Dann, beim Ausladen aufs Rollband, wurden unter Geschnatter und Lachen mehrere der noch nicht bezahlten Waren in jenen Wagen geschoben, dessen Inhalt schon mit Geldscheinen beglichen war. Viel zu spät hatte die Kassiererin den dreisten Klau bemerkt. Da waren die drei, die übrigens alle glänzend schwarze lange Haare hatten, mit temparemtvollem Juppheidi bereits auf die Straße entschwunden. Nach Geschäftsschluss fehlten einhundertsechzig Euro und neun Cent in der Kasse. Einen Detektiv beschäftigte die Vorstadtkaufhalle nicht. Also ließ die Kassiererin, als das Trio an diesem Freitag wieder in die Halle rangierte, sofort die Kripo rufen.

Kommissar Merks und sein treuer Hauptmeister Wolf Arnold schoben nun auch einen Wagen durch die Halle. Sie sahen zu, dass sie zur gleichen Zeit wie die Verdächtigen an der Nebenkasse eintrafen. Den zum Schein erstandenen Kasten Köstritzer bezahlte Arnold mit Stirnrunzeln. „Hoffentlich wird der bei uns im Präsidium nicht schlecht. Wann kommen wir denn schon mal zum Feiern?“, unkte der Sparsame.

„Lass stecken“, knurrte Merks. „Dann nehme ich ihn eben mit zu mir nach Hause. – Pass auf! Die schwarzen Jungfern sind gleich dran.“

Nun konnten die Kriminalisten vom Einpackbord aus in Ruhe beobachten, wie die drei blitzschnell ihr Diebesgut von einem in den andren Wagen umluden. Arnold hielt sie auf.

„Kriminalpolizei! Sie packen kein Stück in Ihre Rucksäcke oder Taschen. Ihre Ausweise bitte. Passporti!“

Die Älteste protestierte in gediegenstem Deutsch. Aber dann zeigte auch sie ihren Pass. Besonders die beiden jungen Frauen hatten wunderbar strahlende, unschuldig blickende Augen.

Der Hauptmeister las laut vor: „Agnes Piontek, geboren am 24.7.1966 in Wroclaw. – Sind Sie das?“ Die Älteste nickte. Und den nächsten Ausweis. „Grazina Kalka, geboren am 1.10.1998. Wer ist das?“

Mit betörendem Augenaufschlag hauchte eine der beiden Jüngeren: „Tak. – O, Entschuldigung! Ich meine: Ja!“

„Dann sind Sie also Urszula Kalka, geboren am 11.1.1999. – Halt mal: Kalka und Kalka! Sind Sie beide verwandt?“

„Wir sind alle miteinander verwandt“, erklärte die als Agnes Piontek Ausgewiesene. „Grazina und Urszula sind meine leiblichen Töchter.“

„Und warum tragen Sie dann einen anderen Namen?“

„Ich habe wieder verheiratet. Entschuldigung! Ich meine: geheiratet neuen Mann. Bitte, Herr Wachtmeister, verhaften Sie uns nicht! Wir wollen alles ersetzen, was die kleine

Urszula gemaust hat. Sie ist nämlich in Arztbehandlung – wegen Kleptomanie."

„Soso, nur die Siebzehnjährige hat gestohlen", schmunzelte Merks. „Sie beide überhaupt nicht? Nicht die achtzehnjährige Schwester? Und Sie natürlich auch nicht, Frau Mutter? Sie wollen also aufs Jugendstrafmaß hinaus. Dass wir ein Auge zudrücken müssen, weil die kleine Urszula noch nicht das strafrechtlich relevante Alter hat, wie?"

Der Kommissar ließ die drei Pässe langsam in seine Jackentasche sinken. „Sie steigen jetzt gemeinsam in unser Auto. Auf dem Präsidium können Sie uns noch einmal Ihre verzwickten Familienverhältnisse erklären." –

Welche Lüge war Merks aufgefallen?

13

Randale in der Weihnachtsbäckerei

Das dritte Lichtlein brannte auf dem Kranz und der Duft eines Räucherkerzchens zog durch Klein Richards Zimmer. „Na, wieder gute Ermittlungsergebnisse gehabt?", fragte der rundliche Kommissar. Gegen alle Gewohnheit besuchte er seinen Lieblingsneffen, der einmal selbst Kommissar werden wollte, mitten in der Woche.

Klein Richard warf die Stirn in Falten. „Eigentlich habe ich Schweigepflicht", antwortete er zögernd. „Aber ich könnte von der Ergreifung eines Täters berichten, die mir – das heißt: der Vanessa und mir – erst vor ein paar Tagen gelang."

Schon legte der halbreife Ermittler los. „Also, die Vanessa Kubitz und ich – ihr wisst schon: die Kleine mit den riesengroßen Stauneaugen und dem schwarzen Seidenhaar –, also wir trafen uns wie so oft im Kaufcenter unter der Adventstanne. Wie wir da so abchillen und die Gegend nach Taschendieben observieren, hören wir doch plötzlich Laute. Also nicht das Kitschliedergedudel, sondern richtig lautes Gerufe von mehreren Kindern durcheinander. Vanessa und ich sagen uns sofort: ‚Hier ist gerade eine Straftat geschehen!'

Wir also düsen dahin, wo das Geplärre herkommt. Eine Lehrerin, die nette Frau Burschtsch von der Grundschule, wedelt mit fliegenden Armen in der Luft rum. Und ihre

Krutscher, so 'ne zweite Klasse also, die wedeln und schreien mit. Die haben alle Mehl und Zucker an den Fingern und gucken Richtung Hallenausgang. ‚Haltet den Rowdy!', ruft Frau Burschtsch. Sie hat Tränen in den Augen. Blitzschnell registrieren Vanessa und ich den wahrscheinlichen Tatbestand. Die Kinder haben am Verkaufsstand von Bäcker Wetzel Plätzchen gebacken, auf einem lang ausgezogenen Tapeziertisch. Dazu haben sie – das hatten wir schon vorher gehört – den bekannten Babyhit gesungen: ‚In der Weihnachtsbäckerei gibt's so manche Leckerei' – du weißt, wie das Lied weitergeht?"

Der Onkel brummte sofort: „Zwischen Mehl und Milch macht so mancher Knilch eine riesengroße Kleckerei – in der Weihnachtsbäckerei."

„Genau das war nämlich passiert! Der Knilch war Olli Socke, ein Junge aus unserer Parallelklasse. Rabauke hoch zehn, sage ich euch! Der ist mit Inlineskates durch die Halle gepest und hat den Tisch mit den Plätzchen beinahe umgekippt. Jedenfalls sehen wir: Das Indiz liegt noch unterm Tisch: eine zerschmetterte Glasschale mit Eigelb, womit man die Plätzchen bestreicht, damit die schön glänzen. Wir also jumpen affenschnell hinterher. Wir treffen Olli Socke im Park. Da sitzt er in den Ästen einer Birke und baumelt cool mit den Beinen, als ob nichts gewesen wär. Vanessa, die gelenkig wie eine Katze ist, klettert sofort nach und schüttelt den Ast, auf dem er sitzt. ‚Du machst 'nen Abflug, wenn du nicht sofort deine Untat gestehst!', ruft sie. ‚Was für'n Ding soll ich denn gedreht haben?', fragt der linke Typ. ‚Du hast ja noch Eigelb an der Hose!', schreie ich nach oben. Und Tatsache glänzt da 'n gigantischer Klecks auf Ollis Hosenlatz. Doch der wirft ein Vogelnest mit gebrochenen Eierschalen runter, das in der Astgabel gelegen

hat. ‚Da bin ich blöderweise drangestoßen', erklärt diese Superpfeife feixend. ‚Hier nisten nämlich die Drosseln.'"
„Eine Lüge, mit der er sich selbst überführt hat", schmunzelte Kommissar Merks und boxte seinen Neffen anerkennend gegen die Schulter. –
Warum konnte das Eigelb kaum aus dem Drosselnest stammen?

14

Hauptkommissarin unter Taschendieben

Hauptkommissarin Rose Geppard hatte heute dienstfrei. Ausgiebig hatte die sportliche Frau am Morgen ihren Hometrainer bewegt. Für ein Jogging rund um die Siedlung kam das Wetter zu unfreundlich daher. Ein Freund wollte zu Besuch kommen, war aber ausgeblieben. Kein Grund für Traurigkeit, fand sie, und stellte den Fernseher an. Das Getöne der frömmelnden Chöre freilich war deprimierend. Warum wollten vor Weihnachten alle christlich werden?
Mittag war es, als Rose Geppard beim Verzehr einer herzhaften Bratwurst mit Sauerkraut die Sonntagszeitung hinter dem Teller aufblätterte. Beim Lesen der Annoncen kam ihr die Idee: Ich werde den Tag für Weihnachtseinkäufe nutzen! Mutter brauchte eine Lederjacke, Vater vielleicht eine neue Bruyèrepfeife. Die alte war schon ganz schwarz geraucht. Schon hatte sie das Mäntelchen mit dem zu ihrem roten Pony ausgezeichnet passenden Zobelkragen übergezogen, die Handtasche untergefasst und saß Sekunden später im Auto.
Im Kaufcenter winselten die Engelchöre. Alle, die jetzt so brünstig von Jesulein zart singen, dachte Rose, sollten wenigstens ihren Taufschein vorlegen, um zu beweisen,

dass sie an Jesu Geburt aus dem Jungfrauenschoß glaubten. Aber was für ein Beweis war das schon ... Das Pfeifchen für Vater fand sich schneller, als sie dachte. Es war ein edles Stück, genauso gut wie im Spezialladen, bloß billiger. Rose war zwar Verbrecher-, doch keine Schnäppchenjägerin. Also machte sie keine großen Umstände, als sie zwei infrage kommende Lederjacken sah, eine hellbraun, die andere ins Weinrot gehend. Beide Jacken über dem Arm, schritt sie zur Kabine. Mutter hatte die gleiche Figur und Größe wie sie. Sie stellte die Handtasche auf den Boden, probierte beide Jacken an, drehte sich vor dem Spiegel. Dann entschied sie sich für die helle. Glück muss man haben, dachte sie, dann geht alles rasch.
Plötzlich sah sie Finger, die ihre Handtasche nach draußen zogen. Sie riss den Vorhang zurück, sprang gegen drei ihr mit dem Rücken zugewandte alte Frauen. Schob die beiseite, stieß einen Mann mit Kind auf den Schultern fast um. Die Diebin – denn sie hatte schmale Frauenhände gesehen! – war in der Menge verschwunden. In der Tasche hatten Pass und Fahrerlaubnis gesteckt, eine vorgestern bezahlte Telefonrechnung. Gott sei Dank, nicht der Dienstausweis. Auch die Fahrzeugschlüssel klimperten in der Manteltasche. Die Hauptkommissarin kannte die Tricks der Diebe. Selbst wenn sie die im Laufschritt aus der Ausgangstür wieselnde Lady mit der verwaschenen Pudelmütze kontrollierte, wusste sie doch, dass die wenigstens eine Komplizin hatte. Die Erste gab der Zweiten blitzschnell die Tasche weiter – und die da vorn hielt das Diebesgut längst nicht mehr unter der Kleidung versteckt. Sie hängte die Jacken auf den Ständer zurück. Beim Kaufhausdetektiv erstattete sie Anzeige, damit alles seine Ordnung hatte. Aber das war nicht das Wichtigste. Rasch

fuhr sie heim, zog unter den Fliesen der Terrasse den Ersatzschlüssel vor.

Im Haus zündete sie statt der gemütlichen Kerzen eine wahre Festbeleuchtung an. Draußen war es noch nicht einmal richtig dunkel. Wie sie es erwartet hatte, klingelte kurz darauf das Telefon. Eine Frauenstimme meldete sich überschwänglich erfreut: „Wir haben die Handtasche gefunden, und da wir noch bis abends geöffnet haben, können Sie sich diese gern jetzt bei uns ..." Die Kommissarin fuhr den Wagen bloß bis zur nächsten Seitenstraße, rannte zurück, betrat den Hausgarten von hinten. Kurz darauf erhielt sie Besuch, den sie mit zwei geübten Karategriffen flachlegte. –

Wer war es?

Schlitzer im Stall

Wie eine Insel des Friedens, erinnerte sich Merks, empfand er immer den kleinen Reiterhof am Rande der Stadt. Am Straßenrand lag in den Ortschaften, die der Kommissar durchfuhr, dünner Schnee. Eine Praktikantin hatte sich über Notruf gemeldet, ganz kurz: „Bin allein auf Stallwache. Der Tierarzt ist plötzlich aufgetaucht. Mein Chef schläft nach der gestrigen Weihnachtsfeier seinen Kater aus, geht nicht ans Telefon. Wollte ihn fragen, ob er den Veterinär bestellt hat für Almut, eine unserer Stuten. Denn dieser Arzt behauptet, dass ihn der Chef herbestellt hat. Mich schmiss er aus dem Stall, weil ich angeblich zu jung bin, bei ’ner Gallenblasenoperation zuzusehen. Bitte beeilen Sie sich!“

Gustav Merks hatte sofort das halbe Dutzend Anzeigen, die in letzter Zeit eingegangen waren, durchgesehen. Sie beschrieben die wiederholten Besuche eines Pferdeschlitzers im weiten Umkreis der Stadt. Er ritzte die Tiere an, verletzte sie teilweise schwer, ein Pony war verstorben. Von einem grauen, grünen oder blauen Pkw war die Rede, dann wieder von einem roten oder schwarzen Fahrrad. Ebenso ungenau fielen die Personenbeschreibungen aus.

Kurz bevor er das Gelände erreichte, rief er die Studentin an. Sie lief ihm die letzten fünfzig Meter auf dem Zufahrtsweg entgegen. Zu zweit betraten sie das zu dieser frühen

Stunde noch recht düstere Stallgebäude. Neun Pferde standen in ihren Boxen, fraßen Raufutter, waren überraschend unaufgeregt. Vom hintersten Abteil her hörte man eine tiefe, männliche Stimme: „Musst ganz brav sein, ganz brav. Ich betäube dich ja, meine Gute." Merks raunte der Praktikantin zu: „Warum sind die Pferde so ruhig? Kennen Sie den Arzt?" Sie flüsterte zurück: „Diese unschuldigen Tiere. Sie vertrauen dem Menschen blind. Pferde verhalten sich anders als Hunde oder Katzen." Der Kommissar schaltete eine Stabtaschenlampe ein. Sie liefen da hin, von wo sie die Stimme gehört hatten. Neben einer liegenden Stute hockte einer mit Vollbart und grüner Kunstlederjacke. Er verrieb auf Almuts Bauch eine braune Flüssigkeit. Neben ihm stand ein chirurgischer Besteckkasten. „Knipsen Sie das Licht aus, Sie Trottel!", empfing er die Stallbesucher barsch. „Sie beunruhigen das Tier." Blitzschnell griff er nach einem stilettartigen Messer. „Die Lampe bleibt an", bestimmte Merks, „so lange ich das möchte. Merks ist mein Name, Gustav Merks von der Kripo. Wir suchen einen Pferderipper, und ich habe allen Grund zu der Annahme, dass Sie dieser perverse Täter sein könnten. Wie lautet doch gleich Ihr Name?" – „Eulentaler", antwortete der Befragte schnell. „Und nun lassen Sie mich die Gallenblasen-OP beginnen, ehe die Narkose nachlässt." Rasch sagte das Mädchen: „Niemals sind Sie Doktor Eulentaler! Obwohl ich erst vier Wochen im Praktikum bin, habe ich den nämlich schon mal gesehen. Der trug keinen Weihnachtsmannbart wie Sie!"

Der Mann stand auf. Er war größer, als man es vermutet hätte. Das Stilett pendelte locker in seiner Hand. „Vielleicht", grinste er die Praktikantin an, „habe ich mir genau für Weihnachten einen Bart wachsen lassen, Sie kleine, unverschämte Göre, Sie!“ Dann holte er aus mit Schwung nach unten, zielgerichtet auf den Bauch des Kommissars. Wahrscheinlich, dachte Merks in Sekundenbruchteilen, machen Pferdeschlitzer immer so dumme Angriffsbewegungen, das müsste mal ein Psychologe untersuchen. Kurz darauf knackte es unnatürlich. Der Kommissar hatte ihm den Arm ausgekugelt. Später, als er den Wimmernden ins Fahrzeug verfrachtet hatte, gab er ihm einen täterfreundlichen Rat: „Wenn Sie das nächste Mal den Tierarzt spielen, denken Sie sich eine andere Operation aus.“ – Warum überführte die angegebene OP den Schlitzer?

Schüsse beim Weihnachtsmarkt

Möglichst unauffällig kämpfte sich Kommissar Merks mit seinem Team durch den Trubel des Weihnachtsmarktes. Am Bratwurststand, der am Fuße des abschüssigen Geländes stand, verhafteten sie gezielt Joop Hanisch. Als sie den hochgewachsenen, gut durchtrainierten Mann hinter der Bude resolut durchsuchten, fiel diesem zwar die Bratwurst aus der Hand, aber keine Pistole aus der Jacke. Offenbar hatte Hanisch die Tatwaffe im Gewühl weggeworfen.

Seit den Anrufen von zwei Passanten waren etwa zwanzig Minuten vergangen. Die von Mobiltelefonen geführten Gespräche hatten den gleichen Inhalt: Im Vorübergehen hatte man Schüsse aus dem Haus Wilhelm-Heinze-Straße 8 gehört, das an der Ecke des Marktes stand. Ein Teil des Kriminalistenteams hatte im Hausflur die wartenden Anrufer vernommen. Merks durchkämmte mit seinen Begleitern das sechsstöckige Mietshaus. Im Erdgeschoss links und im vierten Stock fanden sie offene Türen. Unten lag die Rentnerin Kruschel von drei Kugeln getroffen tot in ihrer Küche. Oben fanden sie Yvonne Hanisch, die Exfrau des Tatverdächtigen, erschossen hinter der Wohnungstür. Zwei Schüsse hatten sie in die Brust getroffen. Bei der alten Dame im Parterre handelte es sich um die Schwiegermutter von Hanisch.

„Gab's in der Vergangenheit nicht eine Menge Anzeigen

wegen Belästigung durch den geschiedenen Ehemann?", fragte Merks.
Kriminalhauptmeister Arnold, sein lexikalisches Gewissen, bestätigte mit einem vieldeutigen Nicken.
„Er könnte im Rummel nebenan untergetaucht sein", vermutete der Kommissar.
Und damit begann die Blitzaktion. Jetzt, auf dem Revier, spielte Hanisch den Empörten.
„Eine Frechheit, mich der Freiheit zu berauben!", schnaubte der Einsneunzigmann. „Das kann doch jeder der Festbesucher gewesen sein!"
„Nach Ihrer Aussage sind Sie direkt von ihrer fünf Minuten entfernten Wohnung zum Weihnachtsmarkt gestartet. Da müssten Sie ja am Tatort vorbeigekommen sein."
„In einer Riesenmenge von Menschen, jawohl!"
„Aus der heraus uns zwei Spaziergänger sofort über die Schüsse verständigten. Haben Sie beim Vorbeigehen an Ihrer ehemaligen ehelichen Wohnung denn nichts gehört?" „Natürlich habe ich die Schüsse auch gehört. Es waren fünf Knaller dicht nacheinander. Ich dachte, dass Luftballons platzen oder so."
„Fünf Schüsse gleich nacheinander?"
„Jawohl, Herr Kommissar."
Gustav Merks erhob sich. Er umrundete den Schreibtisch mit seinem fülligen Bauch und stellte sich dicht vor Hanisch auf. „Wir werden die weggeworfene Waffe finden", sagte er. „Aber Ihre Aussage reicht auch so, um Sie als Mordschützen zu überführen." – Warum?

17

Schlecht angezogen – also Provokateur

Gustav Merks war sich lange im Unklaren, ob er der Einladung zu einer Weihnachtsfeier in das neue Restaurant folgen sollte. Zu kostenlosen Buffets mit auserlesenen Häppchen und wippenden Sektkelchen ging man doch besser zu zweit, zumal in dem auf Büttenpapier gedrucktem Schreiben stand: „... laden wir Sie in Begleitung Ihrer Gemahlin/ Mitarbeiterin ..." Der Kommissar war Single. Ihm roch der Bogen samt dem in Goldlettern schimmernden Namen des Edelschuppens zu sehr nach Eigenlob. Klar kalkulierten die neuen Besitzer, dass man die Bekanntheit seines Hauses durch einen Benefizabend kräftig erhöhte.
„Kundenfang", knurrte Merks. Aber dann beschloss er doch, diesen „Dankeschönabend für verdienstvolle Helfer unserer Demokratie" zu besuchen. Den alten Freund, Kriminaltechniker Wolf Arnold, fragte er: „Warum wollen uns ausgerechnet die für unsere Einsätze bei Demos gegen oder für Flüchtlinge danken? Hast du den Schriebs auch gekriegt?"
Der schlitzohrige Kollege mit dem grauen Haarkranz tippte dem Kommissar gegen den runden Bauch. „Ich nicht. Nur Promis wie du. Zieh ja den feinen Anzug an."
Der restaurierte Saal mit den erneuerten Wandgemälden im Jugendstil, barbusige Mädchen zwischen Weinranken zeigend, bot durch die feierliche Gangart der Kellner sowie

dezente Pianoklänge ein überpointiertes Ambiente. Von den meisten Anwesenden aus Politik, Wirtschaft und Sport kannte der Kripofuchs alle Meriten und Straftaten. Nach links und rechts knapp nickend, zielte der leicht zu spät Gekommene einen Tisch am Rand an und setzte sich still. Die Restaurantleiterin zelebrierte eine hymnische Rede. Er wunderte sich, wie das zum Teil als durchaus vernünftig geltende Publikum andächtig lauschte und applaudierte. Aber er wusste natürlich, dass solch dressiertes Benehmen vorwiegend der – wie hieß es doch in der Einladung? – „Gemahlin, Schrägstrich Mitarbeiterin" – geschuldet war. Das Buffet erwies sich tatsächlich als exquisit. Mit einem Lebkuchenherz, einer duftenden Kräutersuppe und einer Weinrebe ging Merks an den Tisch zurück, an dem er neben einem leeren Gemahlinnenstuhl platziert war. Plötzlich bereitete ihm die Observation eines Mannes Spaß, der im schräg gegenüber auf der anderen Seite saß. Die überschwängliche Begrüßung durch die Lokalchefin störte ihn dabei nicht. Taubenblau war der Hosenanzug der Strahlefrau, und sie redete im köl'schen Dialekt irgendetwas davon, wie sehr sie erfreut sei ... Na, und so weiter.

Der Mann da drüben trug ein zerknittertes Jackett, keinen Schlips (!) und so etwas wie Jogginghosen. Wie er hier hereingeraten war, bedurfte wohl der Erklärung. Neben ihm saß ein Paar, das jedoch sichtlich von ihm abrückte. Jetzt erinnerte sich Merks: Klitschke war das, Elmar Klitschke. Ehemaliger Polizist. Hatte sich in den Neunzigern, als eine Botschaft von Geiselnehmern besetzt wurde, als Held erwiesen und die junge Sekretärin über die Dachrinne gerettet. Erhielt später wegen häufigen Meckerns die Rote Karte. Wo mochte der Rammelkopf jetzt arbeiten? Und wie gelangte er in diesen Reigen edler Menschen? Mehr sah und kombinierte Merks nun das, was er nur schlecht hören konnte: Klitschke winkte wütend den Kellner heran. Aus seiner Kaffeetasse, in die er nach dem Servieren Zucker gestreut hatte, hob er eine Spinne. Der Kellner brachte ihm eine neue Tasse. Klitschke schlürfte daraus und schrie: „Sie haben mir die gleiche Brühe wieder serviert!"

Jetzt überschlugen sich die Ereignisse im Sekundentakt. Die Taubenblaue bat Merks, den „schlecht angezogenen Provokateur" hinauszuwerfen. Kommissar Merks aber schmunzelte. Er sagte bestimmt: „Entlassen Sie lieber Ihren Piccolo. Denn der brachte die Tasse wieder, in der die Spinne schwamm." Marschierte quer durch den Saal und setzte sich neben Elmar Klitschke. – Weshalb war sich Gustav Merks völlig sicher, dass der Kellner die gleiche Kaffeetasse ein zweites Mal an den Tisch brachte?

18

Großmutter erzählt Märchen

Adventszeit – Zeit der Märchen ... Beim Duft der Räucherkerzen saßen sie im menschenleeren Foyer des Hotels von Doreen. Die jüngere Schwester des Kommissars hatte die ersten Scheiben der Weihnachtsstolle aufgeschnitten. Heute wurde das sonntägliche Ritual der Minifamilie von Gustav Merks durch die Anwesenheit zweier weiblicher Wesen erweitert. Bei der einen handelte es sich um Vicky aus der Abiturklasse, die große Liebe des hoffnungsvollen Gymnasiasten Klein Richard, die er erstmals der Mutter und Onkel Gustav vorstellte. Die andere hatte fast so viele Jahre auf dem Buckel, wie die Übrigen am Tisch zusammen. Es war die recht muntere Mutter des Kommissars. Vicky war von der betagten Dame begeistert. „Hat sie dir, als du ein Hosenmatz warst, immer Märchen erzählt?" Richard lachte: „Jedes Mal mindestens zwei Fantasiegeschichten vorm Einschlafen!" Vicky riss ihre rehbraunen Augen auf. „O!", entzückte sie sich. „Bitte erzählen Sie uns ein Märchen! Ich habe so was ewig nicht gehört." Der Blondschopf streichelte ihre Hand. „Dafür sind wir doch zu erwachsen", meinte er.

Großmutter räusperte sich laut wie ein Mann. Mit ihrer tiefen Stimme sagte sie: „Das denke ich auch, Kind. Wie wär's, wenn ich eine Liebesgeschichte erzähle? Sie ist tatsächlich passiert und stand in meiner Fibel, als ich klein war. Für mich zählt sie zu den schönsten Liebesgeschichten der Welt.“ Entspannt lehnte sie sich zurück, blickte zur Decke, als würde sie auf ein Gebirge mit kilometerhohen Gipfeln schauen und begann: „Irgendwo in der Welt, wo es die riesigen Berge gibt, von denen die Gletscher fließen, im Frühling aber oft heftige Tauwasserströme, weit weit weg ereignete sich die folgende Geschichte, ich glaube: in Australien ...“

Selbst der Kommissar, dem Märchen nicht sonderlich behagten, hörte er die doch ständig von seinen Verbrechern, schloss halb die Augen und klapperte mit der Kuchengabel leise. Von den jung Verlobten Arthur und Wilma berichtete Großmutter, die in jener Bergwelt lebten und im Frühjahr heiraten wollten. Kein Tag verging, an dem sie nicht beieinander gesehen wurden. Wilma arbeitete als Magd, Arthur aber fuhr täglich in den Berg ein, Erz zu fördern. Die letzten Wochen vor der Hochzeit rückten heran. Vom Ersparten hatte Arthur ein Häuschen für sie und die in der Ehe zu erwartenden Kinder gekauft. Wilmas Brautkleid hing fertig geschneidert im Schrank. Längst war beim Pfarrer die Trauung bestellt. Da aber brach sich der Wildwasserstrom Bahn durchs Gebirg. Nicht bloß, dass er die an den Felsen angrenzenden Häuser und Stallungen verwüstete, nein! Herabgerissene Steine verschlossen auch die Grube, in der Arthur unter der Erde arbeitete. Zwar konnten in den folgenden Tagen fast alle Bergleute gerettet werden. Einer aber fehlte: Wilmas Bräutigam. Das Bild, wie sie wochenlang weinend zur Unglücksstelle lief, brannte sich tief ins Gedächtnis der Dörfler ein. Nie wieder nahm Wilma einen zum Mann.

„Tja“, seufzte die Erzählerin und lächelte, als sie Tränen in Vickys Augen sah. „Liebe und Trauer gehören oft zusammen wie zwei Stiefel des gleichen Paars. Doch nun hört das Ende des Ereignisses, das es erst zu einer der schönsten Geschichten macht.“ Ein halbes Jahrhundert später nämlich sei wieder das Wasser, vermischt mit Eis, vehement von den Bergen geflossen. In einem Eisstück aber wurde Arthur angeschwemmt. Er sah aus, wie damals. Das Dorf lief zusammen und tröstete die lächelnde Wilma, wie sie sich zu ihm herabbeugte zum Kuss auf die Stirn. „Allen lief ein Schauer über den Rücken, als sie das Paar sahen: den kräftigen jungen Mann und die wacklige Greisin, seine Braut.“

Von Klein Richard kam erst nach einer Weile die höfliche Bemerkung: „Schön, Omi. Aber beim Erzählen ist dir ein kleiner Fehler unterlaufen.“ – Welcher?

Nasenbruch zur Weihnachtszeit

Begegnest du einem ehemaligen Kollegen über Jahre nicht, kann es geschehen, dass du ihn in kurzem Abstand gleich zweimal triffst. Denn häufiger als das, was schlichte Leute den Zufall nennen, bestimmt die Wahrscheinlichkeit unser Leben. Um die ging es auch, als Kommissar Gustav Merks seinen ehemaligen Mitstreiter Privatdetektiv Torben Wolf wiedersah, nachdem er ihm zwei Wochen zuvor zu einem illustren Auftrag verholfen hatte.

Der kugelrunde Merks im offenen Wintermantel und der offenbar kältegefeite Wolf im smarten Maßanzug wärmten sich an Glühweintöpfchen mitten auf dem Weihnachtsmarkt die Finger. Rundum fluteten kauflustige Vorweihnachtsbürger, und Wolf trug quer über dem Nasenbein ein dickes Pflaster.

„Arbeitsunfall?“, grinste Merks. Der Exkommissar nickte verschämt.

Mehrere Dealerbanden, hatte der Detektiv herausbekommen, planten so etwas wie eine Betriebsweihnachtsfeier. Der Ort war ein Discokeller, den nur Eingeweihte kannten. Den Einlass hatten die Berufsverbrecher auf die Mitternachtsstunde gesetzt. Auf der Straße wandelten zwei bullige Aufpasser auf und ab. Sie ließen nur die herein, die sich nach kurzem Wortwechsel als geladene Gäste auswiesen.

„Ich hatte ja schon immer das beste Gehör, wie du weißt.

Also besah ich mir in der Nähe der Tür ein Schaufenster. In ein Notizbuch schrieb ich mir die Preise der ausgelegten Schmuckwaren, so, als wollte ich meiner Frau zum Fest eine Kette kaufen. Außer mir, den Türstehern und den in unregelmäßigen Abständen herbeilaufenden Partygästen war die Straße menschenleer.

„Ziemlich todesmutig", schmunzelte Merks.

„Durch genaues Zuhören bekam ich mit, dass es einen Code gab, den die Türsteher mit den Ankommenden tauschten. Der Partybulle nannte eine Zahl, und der Gast antwortete mit einer anderen. Ich machte mir fleißig Notizen. Dem Ersten schnarrte der Einlasser entgegen: 36. Der antwortete: 15. Dem Nächsten nannte der Bulle die Ziffer 16. Er erhielt 8 zur Antwort. Danach kam einer, dem die 28 zugeraunt wurde. Wie ich erwartete, sagte der Angesprochene 14. Nun schien das Prinzip klar. Denn als wieder einer kam und der Cerberus 8 murmelte, hätte ich selbst antworten können wie er, nämlich mit 4. Das ist ja billiger als der Code einer Kindergang, dachte ich. Weil ich nun schon viel zu lange herumgestanden und bereits das Misstrauen des einen Schlägers auf mich gezogen hatte, trat ich rasch auf ihn zu.

12!, bellte er mich an. Ich war schon dem Gähnen nahe und gab zur Antwort: 6! Na ja, das Ergebnis siehst du. Obwohl ich das Prinzip des Codes befolgt hatte, ließen mich die Kerle nicht etwa ein. Blitzschnell zerrten sie mich nach innen. Sie warfen mich die Kellerstufen hinunter und dann wieder hinauf. Mein Nasenbein ist gebrochen ..."

Genüsslich trank Merks den Rest des Glühweins. „Du hättest mit 5 antworten müssen", meinte er.

„Aber warum bloß?", staunte Exkommissar Wolf und blickte dem grußlos Davongehenden verdattert hinterher. – Ja, warum wohl?

Der Kerl mit der Elchmütze

„Den Kunden habe ich noch nie gesehen bei uns!" Frau Bodtsey, die im Kiez für ihre Freundlichkeit bekannte Inhaberin des Fotogeschäfts, ist so erzürnt, dass ihr rote Flecken ins Gesicht springen.
„Erzählen Sie nacheinander, was passiert ist." Die raue ruhige Stimme von Kommissar Merks, der ihr gegenüber an der Ladentheke lehnt, heizt die temperamentvolle ältere Dame noch mehr an.
„Ich stand allein im Geschäft, mein Sohn war gerade Bilderrahmen einkaufen. Also, dieser Kerl mit der Elchmütze stampft aus dem Schnee draußen rein, grüßt eigentlich ganz freundlich. Dann reicht er mir vier Filme rüber – von einer Woche Skiurlaub, wie er sagt. Ich wundere mich bloß, dass er zwar grinst wie ein Honigpferd, aber einem nicht in die Augen blicken kann. Quasselt davon, dass die Aufnahmen vielleicht nicht so richtig geworden sind und dass er sich eigentlich schon lange eine bessere Kamera kaufen wolle. Dabei angelt er sich eine aus dem Regal dort – da, hinter Ihrem Rücken, Herr Kommissar! – und ich erlaube ihm, sich den Apparat anzusehen. Ja, und dann ..."
Frau Bodtsey muss erst einmal Luft holen. Dann fährt sie fort: „... schnappt er sich das Gerät und rennt raus! Wie

gesagt: Mein Sohn war mit dem Auto unterwegs – der hätte ihm das Zifferblatt geputzt!"
„Sicher hatten Sie die Filme schon in eine Sammeltüte gesteckt und für die Abholung seinen Namen und die Adresse draufgeschrieben?"
„Natürlich!" Die Ladeneigentümerin zeigt eine Papptüte. „Aber sehen Sie bloß: Mustermann nennt er sich und wohnt angeblich in der Horst-Bosetzky-Straße, die es in ganz Leipzig nicht gibt."
„Noch nicht gibt", korrigiert Gustav Merks. „Wenn der Begründer des modernen deutschen Krimis tot ist, wird man vielleicht eine Straße nach diesem Autor benennen."
Auf der Geschäftsmeile kämpfen sich die Menschen durch den Schneeregen. Hier drin ist es gemütlich warm, fast idyllisch unter den Eisbärfellbabys, Hochzeitspaaren und Möchtegernmodels in silbernen Rahmen.
„Was mache ich bloß?", jammert die Bestohlene. „Über zweitausend sind doch kein Pappenstiel. Kaum denkbar, dass die Versicherung alles zahlt ..."
„Warten, bis er seine Bilder abholt", murmelt der etwas überarbeitete Kommissar, dem jetzt nach Einschlafen ist.
„Sind Sie von allen guten Geistern verlassen?", schimpft Frau Bodtsey. „Der pfeift doch auf die Urlaubsfotos und kommt nie wieder. Also Sie sind mir ein Polizist."
Merks ist kurz beleidigt. Dann fragt er: „Hat er erzählt, wo er im Urlaub war?"
„Oberhof", antwortet sie. „In einem dieser mehrstöckigen Hotels."
„Wie lange brauchen Sie, um die Filme des Elchmützenmanns zu entwickeln?"
Die nun doch etwas beruhigte Dame blickt auf die weiße

runde Uhr über den Regalen. „In einer Stunde“, meint sie, „kann ich das erledigen.“
„Dann“, verspricht Merks, „komme ich nachher wieder vorbei. Und ich verwette mit Ihnen einen Elch, dass wir den Dieb noch heute verhaften.“
Jetzt lachen die trotz ihres Alters schönen strahlenden Augen von Frau Bodtsey. „Wie wollen Sie das bloß schaffen, lieber Mann?“

In der Nacht zum Winteranfang

Kommissar Gustav Merks hatte nicht gerade die beste Laune. In seinem alten Audi plagte er sich über dunkle Landstraßen heimwärts. Feiner Schnee rieselte auf die knorrigen Apfelbäume, die die Straße säumten. Die Uhr zeigte eins, das hieß also 21. Dezember. Winteranfang.
Im Gasthof von Zscheschwitz war eine Schlägerei zwischen Jugendlichen ausgebrochen. Als er gegen 23 Uhr zur Ermittlung eintraf, hatten die Rowdys gerade eine Straßenblockade aus Biertischen gebaut. Weil der Gasthof scharf nach der Kurve gelegen war, fuhr Merks seinen braven Wagen direkt in den Möbelturm hinein. Lackkratzer, ekelhaft! Na ja, jedenfalls wurden die zwei Rädelsführer identifiziert, und er hatte sie von den Kollegen abführen lassen. – Doch was war das?
Im Licht der Scheinwerfer tauchte eine Barrikade auf. Mitten auf der Kreuzung von vier Straßen lag ein langes, mehrarmiges Holz – ein altmodischer Wegweiser! Es gelang ihm gerade noch, kurz davor zu bremsen. So schnell es sein fülliger Bauch erlaubte, sprang der Kommissar aus dem Fahrzeug. Auf dem Kilometerstein hockte ein Jugendlicher mit spitzem Modebärtchen und sah ihn erschrocken an. Er zitterte vor Kälte. Bis zur Autotür hin wehte seine Glühweinfahne.

„Was machst du hier, Idiot!"
Der Bursche blickte mit großen Augen zu ihm auf, und Merks stellte fest, dass der etwa Zwanzigjährige geheult haben musste.
„Hab mir verlaufen ..."
„Wohin musst du?"
„Nach Hause."
„Dachte ich fast. Und wo liegt das?"
„Döbschen", jammerte der spacke Jüngling im viel zu dünnen Parka.
„Was soll der Wegweiser mitten auf der Straße? Los, räum ihn weg!"
Das Kerlchen gehorchte.
„Komm schon! Ich fahr dich zu Mami."
Döbschen lag vier Kilometer entfernt auf gerader Strecke von Birnhain, woher der Knabe gelaufen kam. „Wir hatten in Birnhain 'ne Weihnachtsfeier von den Kollegen", erzählte er. „Bin nämlich da in der Traktorenreparatur beschäftigt. Tagsüber nehme ich's Motorrad. Aber heute – na, wir wollten eben ein bisschen trinken. Da habe ich's daheime gelassen. Nicht auf die Uhr geguckt, wissen Sie. Da war dann der letzte Bus weg nach Döbschen. Die acht Kilometer, dachte ich, läufste eben. Aber an der Kreuzung wusste ich auf einmal nich', wo lang. Eben weil der Wegweiser, der da immer steht, umgekracht war. Lag im Straßengraben. Auf einem Arm steht drauf: Birnhain. Also, wo wir gefeiert haben. Auf 'nem anderen Arm steht Schwarzach, auf 'nem dritten Weißeritz. Und auf der vierten Latte: Döbschen."
„Verstehe", nickte der Kommissar. „Deshalb hast du den Wegweiser mitten auf der Kreuzung aufstellen wollen. War eine gute Idee."
Als Gustav Merks den Überglücklichen vor Mutters Haus-

tür abgeladen hatte, lobte er ihn: „Ein pfiffiges Bürschchen bist du schon. Aber vertrink deinen Verstand nicht."
„Frohe Weihnachten", hauchte der Junge dankbar. – Warum lobte Merks seinen nächtlichen Fahrgast?

Entsorgung einer Tanne

Sage keiner der Polizei nach, sie verhöre die schweren Jungs viel zu spät nach der Tat! Dass es auf eine rasche Ermittlung ankommt, wusste Gustav Merks, und im Fall des Einbruchs in der Villenvorstadt führte allein der sofortige Zugriff zum Erfolg. Der baumlange Typ, der sich vor Merks in einen Sessel fläzte, war vor einer halben Stunde gefasst worden. „Raus mit der Sprache, Jörn!“, herrschte der kugelbäuchige Kommissar den mehrfach Vorbestraften an. „Erklär mir, warum du auf den Balkon von Professor Torro gestiegen bist! Kaum aus dem Knast, gehst du wieder auf Tour.“ Der kräftige Glatzkopf im orangenen Overall grinste. „Machen Sie sich mal nich lächerlich. Da geht einer wie ich seinem neuen Job als Straßenreiniger nach, fegt ordentlich den Dreck der Reichen weg und wird von der Arbeit weg plötzlich weggefangen. Ich sah die Christrute auf Torros Balkon und dachte, weil die Familie ja bis in den Februar auf Forschungstrip nach Brasilien geflogen is: Da hilfste doch glatt und schaffst das Bäumchen zum Sammelplatz. Und genau in dem Moment, wie ich mit dem Nadelbusch rausklettere, fährt eure blaue Minna vor. Hilfsbereitschaft wird ähmd bestraft.“

Merks schmunzelte.

„Die Balkontür war zwar verschlossen, aber du hast sie mit

deinem berühmten Häkchen geöffnet und bist drin gewesen. Zwar fanden wir bei dir noch nichts, was zum Besitz des verreisten Ehepaars gehört. Irgendwas hast du aber sicher mitgehen lassen. Der Professor wird es bei seiner Rückkehr feststellen, aber dann hast du die Sore sicher bereits verklickert. Ist es einer der kostbaren Diamanten, die auf seinem Regal stehen? Den Prof. können wir jetzt im Regenwald schlecht erreichen. Aber dir können wir eine kleine Magenspülung verordnen und ein bisschen U-Haft."

– „Peinlich!", protestierte der Festgenommene. „Das kostet unserer Gesellschaft doch alles Geld, das ihr Bullen sinnlos zum Fenster rausschmeißt." Der Kommissar drückte auf einen Knopf. Ein Wachhabender erschien, der den Glatzkopf am Arm ergriff.

„Ich habe einen Beweis, Jörn", sagte Merks, „dass du die Wohnung betreten hast, mit ausgezogenen Schuhen sicher. Aber am Kühlschrank, mein Freund, hast du dir einen Schluck aus der großen Tequilaflasche genehmigt. Nicht das sauber abgewischte Glas, sondern die Schale mit den Eiswürfeln hat dich verraten ..." Wie überführte die Eisschale den Einbrecher?

Drei Kugeln für den Weihnachtsmann

Tief in Gedanken verstrickt, drückte Gustav Merks den obersten Knopf auf dem Tastenbrett. Der Kommissar mit dem rundlichen Bauch und der etwas zu kurzen Atmung war froh, dass er bis zum Penthaus hinauf keine Stufen steigen musste. Während der zum vornehmen Gebäude passenden langsamen Fahrt stieg im vierten Stock ein Weihnachtsmann zu. Junger Kerl mit bunt bedrucktem Sack. „Auch auf Nikolaustour?“, fragte er. „Dein Mantel steckt wohl in der Tasche da?“ Merks verriet ihm nicht, dass es ein Tatortkoffer war. Als der offenherzige in der neunten Etage ausstieg, wartete dort ein Kollege im gleichen Outfit. „Rauf oder runter?“, fragte der. „Rauf“, knurrte Merks. Weihnachtsklänge schwappten aus den Wohnungen heraus in den Lift hinein. „Ein Tag vor Heiligabend“, murmelte der Kommissar, „wundert sich keiner, wenn so viele vermummte Strolche unterwegs sind.“ Jetzt erreichte der Aufzug die Terrassenwohnung. Die Tür stand offen. Er schritt zügig, als würde er jeden Tag in Penthäusern ermitteln, an zwei Kriminaltechnikern, die im Flur Spuren abnahmen, vorbei und direkt in das luxuriöse Schlafzimmer hinein.

Elenor Fisher, Popstar von jenem Bekanntheitsgrad, den der Kommissar nie zu erreichen wünschte, saß im weißblauen Negligé im Ehebett. Statt Bildern hingen an Wänden und Decke Spiegel. Sie ließen vermuten, wie lustig es in Elenors in Scheidung befindlicher Ehe zugegangen war. „Aufjauchzet! Frohlocket!“, rief die wasserstoffblonde Schönheit aus. „Der Herr sei gepriesen, dass Sie erscheinen, Herr Kommissar!“ Die Wortwahl des Starlets rührte wohl von den jüngsten Shows her, bei denen sie den Advent über religiöse Melodien zersang.

Außer ihr befand sich ein muskulöser junger Mann im Zimmer, der mit leicht zwangsneurotischen Gesten seinen roten Morgenmantel öffnete und schloss. Offenbar, um den dicken Kommissar mit seinem Waschbrettbauch zu beeindrucken. „Bonny, mein Techniker“, stellte Elenor ihn vor. „Ich rief ihn zu mir, als das Unglück passiert war.“ Das Unglück lag vorm Fußende des Betts. Im Nikolausanzug. Leblos. „Seit ihn die Kugeln durchbohrten, habe ich nichts verändert, nichts angefasst, Herr Kommissar! Ich weiß gar nicht, wer dieser Einbrecher ist. Plötzlich stand er im Raum. Wie kam er bloß herein? Ich schoss sofort auf ihn. Hier ist die Waffe. Sie liegt immer in meinem Nachttisch.“ Merks kniete nieder und zog dem Toten vorsichtig die Maske ab. Sie war unversehrt, kein Spritzer Blut darauf – im Gegensatz zu dem riesigen roten Fleck, der sich auf dem Mantel in Höhe der Brust ausbreitete. Aber am Hinterkopf gab es einen Einschuss. „Tja, wie kam Ihr Mann wohl herein?“, fragte Merks. „ Er wird wohl einen Schlüssel besessen haben. Denn ich gehe doch recht in der Annahme, dass es sich bei dem Erschossenen um Ihren Ehemann handelt.“ Frau Fisher war verstummt. Bonny nestelte nervös sein Mäntelchen auf und zu, auf und zu. Plötzlich schrie sie: „Boris! So wollte ich mich nicht von dir verabschieden!“ Leiser gurrte sie: „Was fiel dir bloß ein, mich als

Weihnachtsmann zu erschrecken?“ Merks schmunzelte. „Ihr Gatte“, meinte er, „betrat das Zimmer hier wohl kaum als Weihnachtsmann. Hatten Sie selbst das Kostüm vorrätig, dass Sie dem bereits Toten übergestreift haben? Oder brachte es Ihr Freund hierher? Wem verdankt er die erste, tödliche Kugel? Und wer gab die restlichen zwei Kugeln auf die Leiche ab?“ – Was kam Gustav Merks unglaubwürdig vor?

Der zerscherbelte Santa Claus

„Weihnachten“, pflegte Frau Zarah Phillipp, die adrette Mittsechzigerin mit dem Kleinmädchengesicht, zu sagen, „ist das Fest der Familie.“ Die öffentliche Meinung gab ihr recht. Besonders Pastor Zuckerriegel, der den langen Advent über gegen die glitzernden Weihnachtsmärkte wetterte, die von der Wahrheit ablenkten, dass ja nun Joseph, Maria und das Jesuskind kaum als Familie der Steuerklasse eins gelten konnten und als krasse Außenseiter der Gesellschaft eher das Gegenteil einer bürgerlichen Zweckgemeinschaft darstellten. Nur Frau Phillipps Sohn – o dieser aus der Art geschlagene Sohn! – Jan Phillipp, der seit dem Auszug aus dem Reihenhaus endlich den Sprung vom Muttersöhnchen zum Herzensbrecher seiner Mitstudentinnen geschafft hatte, ließ am vierten Advent telefonisch verlauten: „Tut mir leid, Mam – aber den Heiligen Abend feiere ich mit Sue-Ann.“

Frau Phillipp sah sich in den Abgrund versinken und ihren Stollen bis zum Osterfest ungegessen.

Plötzlich, in der Frühe des 24. Dezember, klingelte das Telefon. Jan wollte doch kommen, allerdings diese Studentin mit dem unaussprechlichen Vornamen mitbringen. Frau Philipp kam nicht auf den Gedanken, dass ihr Junge ein Prachtmädel haben musste, das ihm wohl zugeredet hatte, Weihnachten wäre schließlich das Horrorfest für alte einsame Personen und er solle mal bitte seine eigene Mutter nicht so an die Wand schieben. Nein, Zarah Phillipp dachte überhaupt nicht nach!

Eilig band sie sich die zartgrüne Küchenschürze um – „Frohes Fest“ stand da quer über den Bauch geschrieben – und begann Vanillekipferln zu backen. Die nämlich aß ihr Sohn so gern. Diese freudige Arbeit, das Herrichten des Gästezimmers oben (neben Jans ehemaligem Kinderzimmer) sowie das Aufstellen einer fast mannshohen Nikolausfigur am Fuß der Treppe, ließ die Zeit bis zur Ankunft des Pärchens geschwinde verrinnen. Den menschengroßen Santa Claus hatte Zarah mit ihrem Mann, als der noch lebte, mal aus Amerika mitgebracht. Er bestand aus rotem und goldenem Porzellan. An ihm steckte dort, wo den Tieren der Schwanz herauswächst, ein Stromkabel, sodass der Riese von der Zipfelmütze bis zu den Stiefeln leuchten konnte.

Schließlich schellte es an der Tür.

„Ach du Scheiße!“, war das erste Wort, das dieses Mädchen herausbrachte, als sie die weihnachtliche Skulptur erblickte. Sue-Ann, das hatten wir zu berichten vergessen, studierte Kunstwissenschaft.

Zarah befleißigte sich, gelassen zu bleiben. Sie umhalste das Söhnchen und reichte der mitgebrachten Person höflich die Hand. Zunächst zeigte sie den beiden die getrennten Übernachtungsquartiere, wo sie erst einmal ihre Rucksäcke auspacken sollten.

Jan jedoch hatte die unglaubliche Idee, mit Sue-Ann gemeinsam die Liege aus dem Gästeraum in sein eigenes Zimmer zu tragen. „Das gibt eine hübsche breite Spielwiese, Mam“, lächelte er unverfroren.

An diesem Punkt unserer Erzählung lassen wir die auf

das Häuschen gerichtete Kamera schneller laufen. So schnell, dass die Ereignisse der folgenden Stunden in einem Tempo vorüberschwimmen, welches die Bilder unsichtbar macht. Nun ist es Abend. Heiliger Abend.

Wir sehen einen älteren, rundlichen Herrn ins Haus treten.

Ächzend streift er den Schnee von den Schuhen und stellt sich vor: „Gustav Merks, Kriminalkommissar. Sie haben uns angerufen, Frau Phillipp?"

Im Flur riecht es lieblich nach Vanillekipferln. Außer Zarah Phillipp scheint sich niemand im Haus aufzuhalten. Neben der Treppe liegen große rote und goldene Porzellanscherben. Sie erzählt vom Besuch des Sohnes mit dieser „jungen Barbarin". Davon, wie beide als Erstes aufs Zimmer gegangen wären und dort sonst was getrieben hätten. Sie habe sich, tolerant, wie sie sei, in die Küche verzogen und den Kipferlteig in den Kühlschrank geschoben.

„Dort muss er eine Stunde lang ruhen, bis ich ihn in die Backröhre schieben kann", erklärte sie. Plötzlich habe sie ein leichtes Unwohlsein verspürt und sich deshalb aufs Sofa gelegt. Um fest zu ruhen, habe sie sich Ohropax eingestöpselt und den Wecker gestellt, um nach einer Stunde wieder aufzuwachen. Währenddessen hätten die Kinder das Haus verlassen – einfach so! „Und die ungezogene Schickse hat vorher offenbar mein Eigentum in Stücke zerschlagen!"

„Sie haben nichts gehört?", fragt der gemütliche Kommissar, der ein wenig aussieht wie der Weihnachtsmann persönlich.

„Nichts!", beteuert Frau Philipp. „Wegen der Ohrstöpsel!"

In diesem Augenblick schellt es noch einmal. Vor der Tür ist das Lachen eines Pärchens zu hören, das offenbar einen Spaziergang durch den Schnee unternommen hat. „Kehren Sie die Scherben zusammen", rät der Kommissar.
„Ich verzichte auf eine Anzeige wegen der Vortäuschung einer Straftat. Frohe Weihnachten miteinander!" – Was kam Merks unglaubhaft vor?

Lösungen

1. Dezember:
Unter den Motorradhelmen konnte der angeblich Überfallene kaum solche Details erkennen.

2. Dezember:
Klammpott platzierte den Krückenabdruck links von den Schuhen. Doch ein am linken Knie Operierter trägt die Gehhilfe normalerweise rechts.

3. Dezember:
In der langen Zeit hätte die angezündete Kerze tiefer niedergebrannt sein müssen.

4. Dezember: Anke traf vor dem Schneefall ein. Also liegen keine Flocken unter ihrem Wagen.

5. Dezember:
Die Fußspuren auf dem Foto von 20.08 Uhr stammten von Kosel, der die Drogen zum Pkw brachte.

6. Dezember:
Der geringe Bierverbrauch zeigt, dass niemals 19 trinkfeste Ganoven die halbe Nacht durchzechten.

7. Dezember:
Linkshänder schneiden mit den für Rechtshänder gebauten Scheren meist unsauber aus.

8. Dezember:
In der vorweihnachtlichen Bußzeit hätte Martha einen violetten Morgenmantel tragen müssen.

9. Dezember:
Sie bauten einen Schneemann.

10. Dezember:
Sie bohrte den Zahn bis auf die Wurzel auf und füllte ein schmerzbeförderndes Mittel ein.

11. Dezember:
Wahr sind lediglich die Thesen 2, 4 und 6.

12. Dezember:
Eine „leibliche Tochter“ kann nicht drei Monate nach ihrer Schwester geboren sein.

13. Dezember:
Höchst selten – wie z. B. im Januar 2004 in einem polnischen Ort – brüten unsere heimischen Vögel im Winter. Dafür ist die Jahreszeit zu kalt.

14. Dezember:
Eine der Diebinnen, die in Roses Abwesenheit noch das Haus ausrauben wollte. Die hatte auch die gestohlene Handtasche dabei.

15. Dezember:
Pferde besitzen keine Gallenblase.

16. Dezember:
Die Opfer im Parterre und oben wurden nacheinander erschossen. Eine dichte Abfolge der Schüsse ist ausgeschlossen.

17. Dezember:
Klitschke hatte gemerkt, dass der Kaffee bereits gesüßt war.

18. Dezember:
In Australien gibt es keine Gletscher.

19. Dezember:
Gefragt war die Anzahl der Buchstaben, mit denen die Ziffer geschrieben wird (36 hat 15 Buchstaben usw.).

20. Dezember:
Natürlich hatte sich „Mustermann“ auch im Oberhofer Hotel fotografiert. Ein Anruf dort genügte für seine Identifizierung.

21. Dezember:
Der Pfiffikus musste den Wegweiser bloß so aufstellen, dass die Schrift „Birnhein“ dahin zeigte, woher er kam. Eine andere Latte hätte ihm dann den Weg nach Döbschen gewiesen.

22. Dezember:
Aus der Schale waren einige Würfel herausgenommen und die leeren Fächer wieder mit Wasser gefüllt. Jörn ahnte nicht, dass er sofort nach der Tat gefasst werden würde.

23. Dezember:
Die Gesichtsmaske wurde erst nach dem Kopfschuss aufgesetzt. Sonst wäre sie blutig gewesen.

24. Dezember:
Wenn die beleidigte Gluckenmama den Wecker gehört hat, hätte sie auch den Krach beim Zertrümmern der Porzellanfigur vernommen.